Q版特工 39
解密
梁科慶

Q版特工 39　解密

作者／梁科慶
策劃編輯／周淑屏
協力編輯／羅詠恩
美術設計／胡凱悦
插圖／ Milton Wong
出版發行／突破出版社
香港沙田亞公角山路 33 號突破青年村
電話：2632 0000　傳真：2632 0388
電郵：breakthrough@breakthrough.org.hk
網址：http://www.breakthrough.org.hk
http://www.btproduct.com
承印／陽光（彩美）印刷有限公司
2019 年 7 月初版 1 刷
2022 年 5 月初版 2 刷

Ah Wing, the Secret Agent 39: Decrypt

by Leung For-hing
First Printing, First Edition, July 2019
Second Printing, First Edition, May 2022

Printed in Hong Kong
ISBN 978-988-8562-03-9

本書經文取自《新標點和合本》，版權為香港聖經公會所有，承蒙允准採用，特此鳴謝。

誠邀閣下就突破出版社的書籍發表意見

歡迎加入突破書籍 Facebook page — http://www.facebook.com/btbooks.page

本書採用環保油墨印刷

每一個
年輕人都應當
乘着**夢想**的
翅膀出航。

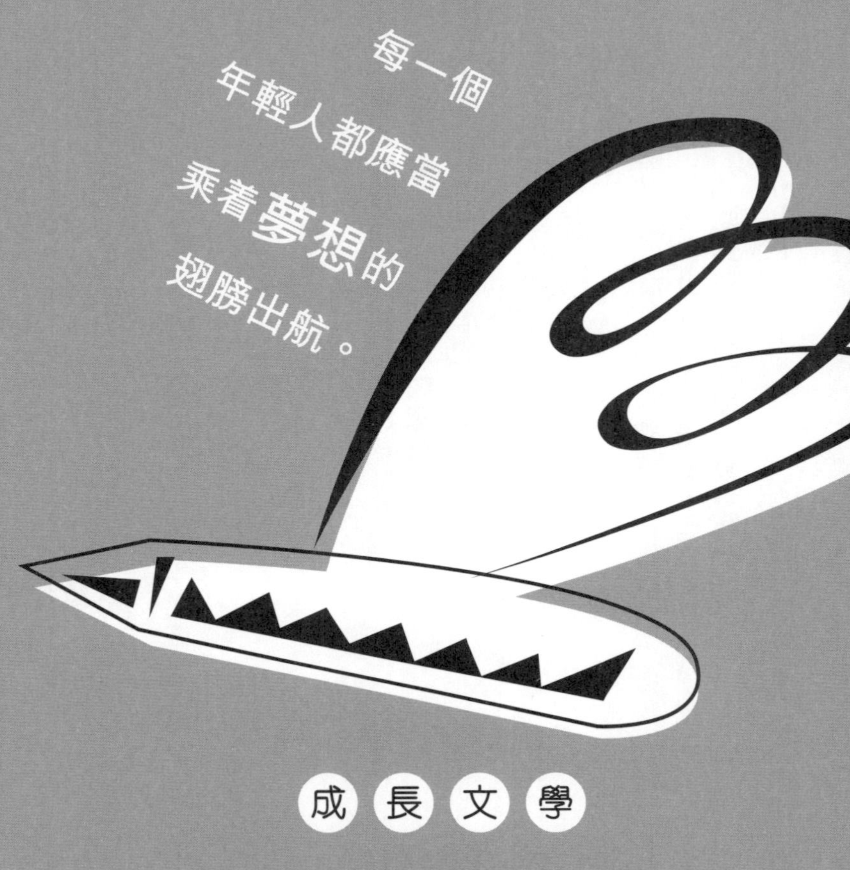

成長文學

目錄

序　亦狂亦俠亦溫柔——非一般的Q版特工

蒲葦

1998 年 8 月，梁科慶先生出版Q版特工系列的第一本書《極度任務》，飲譽學界、文壇，到 2019 年，Q版特工系列的第三十九本書《解密》也出版了，可喜可賀。二十多年，在特工阿 Wing 準備領取長期服務獎之際，身為晚輩的不才竟有幸獲委撰序，實在是個極度榮幸的任務。

早聞梁先生大名，但要到今年才有機會第一次親炙作家。認識他之前，對同為寫作的人如我來說，大部分的時間都只從遙距得知他的書又登上了暢銷書榜、好書龍虎榜，他又一如既往奪得中學生我最喜愛的作家等等等等。不獨是流行作品，他參加嚴肅見勝的文學雙年獎一樣非冠即亞。加上特工阿 Wing 乃特工界的第一奇男子，武功高強，風流儒雅，雖間中糊塗，也無損絕頂的英氣。無論阿Wing是否多多少少帶有梁先生的影子或自我幻想的因子，總之，梁科慶在我心目中是一位很出色很成功的作家。

我以為擁有以上配套的作家必定心高氣傲，直到今年有幸相識，才深知這位特工委實異於常人。

握過一隻厚實的手後，話匣子徐徐打開。梁先生話不多，但每一句都很誠懇，配合他結實的身形和踏實的膚色，第一個印象就是這個人很可靠，有正義感，又難得地帶點幽默。他出身中文系，近年更拿了博士學位，博學又勤奮，對事物自然有他獨特的見解。但他同時很守得住分寸，不愛拋書包，反而多談生活、教學種種，真誠地關懷後輩，令人如沐春風。公事上的安排呢？細心、周到，不斷予人鼓勵。亦狂亦俠的特工，還有溫柔的一面，叫做阿Wing，可謂親切又在地。

網上有篇訪問，梁先生原來曾進教育界，好像做了三年中文老師，這下是我的同工了。他善感聰明，很快就發現，春風化雨，對創作來説，其實是捧住火苗迎接大風大雨。從同工變成特工，如果沒有這一變，恐怕不易突破創作的框框。他不斷嘗試不同的創作風格，著作等身，才華發揮得淋漓盡致，讓我羡慕又佩服。

梁先生教了三年，就動身一變，變出無限精彩；我教了二十一年，一成不變，大概因為如此，大家都有點佩服對方。梁先生對中文老師的支持和敬重遠超我想像。他知道十幾位中文老師聯手編輯一本老師文藝月刊，二話不説，立即投稿支持，洋洋數千字。「梁兄，我們沒稿費」，「不需稿費，我想支持老師」。其實，我知道他不可能忘記以前教學的日子，無論人家稱呼他為特工、館長、博士，我肯定他將一直是個不可多得的梁老師，我願中文教育界的同工對他加倍留意，深信他一定會為中文教育作更多更大的貢獻。

難道不是嗎？且讓我們在不劇透的情況下回到故事去，梁先生化身特工，在故事中忍不住加入了鄭愁予的詩，文心雕龍，書以成之。另一方面，這位已經有足夠歷練的特工似乎更重視舊情了，忍不住提醒我們是怎樣走過來的：

「你沒看《Q版特工》嗎？對，你失憶。簡單的說，第六集《太空殺人真菌》，你與真生重遇相戀；第十一集《再見真生》，真生為救你中毒身亡；第十七集《幽靈直線》，你對R因憐生愛，雙雙墜入愛河；第二十一集《葬祕》，R發現你對真生念念不忘；第二十四集《幻見》，R與你分手；第二十五集《藏香》，你們復合。另一方面，與嘉薰醫生合著的《真生再見》，出現突破性情節，原來真生當日假死，輾轉到達美國的小鎮隱居。第三十四集《暴風危情》，你瞞着R偷偷到美國去看真生，湊巧真生回港覆診，遇上R，兩人交談二十分鐘，R捨你而去，真生也不辭而別；第三十六集《銀狐》，R與你再次復合。」

梁先生，舊情綿綿，我們知道，也一定會記得，請繼續寫下去，更直到永遠。

1 恢復清醒

他慢慢恢復清醒，發現自己倒臥在空置公屋單位的地上，後腦疼痛，更糟糕的是，他想不起自己是誰……

1

男子慢慢恢復清醒，開始意識到自己倒臥地上，後腦疼痛。他嘗試爬起身，先用右前臂抵住地板，右膝跪地，左手向上掃撥，摸到一個枱角，稍為用力向下扳，枱頗也堅穩，於是左右借力，撐起身體，但當頭部擺動時，一陣彷彿永不休止的暈眩突然襲來，令他完全喪失平衡能力，腦袋順着由左至右的暈眩方向，往右一晃，身體軟弱無力的向右傾倒，重重的摔回地上，後腦又是一陣疼痛。

他痛得尖聲慘叫。

這聲慘叫縱然淒厲，卻像夜半投石進湖的咚聲，夜太深，湖太闊，石太小，聲音微不足道，沒人知曉，激盪片刻，隨後回復無邊無垠的死寂。

他平躺在地，辛苦地喘氣，胸口上下起伏，冷汗在臉頰滲流，塵埃在周圍飄揚。他不敢移動身體，尤其頭部，唯一可作的是躺着等待暈眩過去，等待頭痛減輕。

人在力不從心時，才明白自己原來是多麼的渺小虛弱。他就連睜眼的勇氣、張口呼救的氣力也沒有，只是躺着躺着。周遭很靜，自己的心跳、喘氣彷彿是這地方僅有的聲源。

這裏是什麼地方？

他沒記憶。

好一會，他意識到身體狀況逐漸好轉，才敢張開眼睛，不再天旋地轉，周遭昏暗，他身處一個沒亮燈的房子裏。

他輕輕仰起頭頸，反手摸一下後腦，只覺觸手黏濡，還有一股血腥氣味，明白自己的後腦受傷不輕。暈眩、疼痛極可能是受傷引致。至於如何受傷？也沒印象。

他嘗試再次爬起，先坐直身子，抬手抓握枱面，儘量放慢動作，頭仍痛，幸沒暈，勉力站起、站穩，眼睛亦漸漸適應昏暗環境，加上藉着從外面透進的燈光，他打量身處的地方——

一個不足二百平方呎的室內空間，三面是牆，一面是窗，牆壁污漬處處，油漆大幅脫落，靠牆的角落置了一個破舊的木製衣櫃，沒櫃門，櫃內空空的，沒任何物件，衣櫃前面的地板上，零碎散落着殘破傢俱，能夠辨認的有一張沒椅背的木椅、一張坐墊與凳腳分家的圓凳、一張露出彈簧的爛牀褥。

這兒是一個丟空已久的住宅單位。

他所站的位置，該是昔日戶主吃飯的地方，他正扶着一張裝有金屬枱腳的方形餐枱，在纖維板桌面的厚厚灰塵上，清晰地印着他的指紋。

按格局，這是一個長期丟空的舊式公屋單位。

香港住屋短缺，空置單位沒人入住，他想到的可能只有兩個，這單位是「凶宅」，或這建築物屬於等候拆卸重建的公屋大廈。

問題來了。

他為什麼會在一個「凶宅」或等候拆卸的公屋單位內受傷昏倒？

茫無頭緒。

更糟糕的是，他想不起自己是誰！

2

牆上的電燈開關統統失效。

若是準備拆卸的公屋大廈，斷水斷電屬正常的安排。

他在餐枱上找到半瓶礦泉水，大概是搬運工人遺下的，扭開瓶蓋，嗅一下，沒異味，倒出來，嚐一下，沒變壞。

儘管後腦的傷口不再流血，為免弄痛或弄污傷口，他先忍着痛，倒礦泉水把傷口稍作清洗，然後脱掉恤衫，把它捲成軟墊，緊緊地纏裹後腦，最後把一對衣袖在額前打個活結，不倫不類的充當繃帶。

傷口暫時包紮妥當，他撩起黑色棉質背心的衣腳，抹擦臉上和手上的汗水血污，喝掉剩餘的一口礦泉水，定一定神，努力回想自己究竟是誰。

看來他的頭部受過撞擊，引致暫時失憶。

找遍前後褲袋，身上竟沒錢包、證件。正感奇怪，不覺踢着腳邊的黑色旅行袋，袋旁還有一部手機，對了，手機若是他的，可翻查個人資料，還可打電話給朋友求援。他連忙拾起手機，屏幕給摔裂了，勉強仍看到殘缺不全的畫面，需要輸入密碼或指紋識別，密碼當然忘了，唯有依靠指紋，十根指頭，該用哪根？他遲疑片刻，還是按一般人的習慣，試用右手拇指，印下，果然成功解除屏幕鎖，至少可證明一點，這部手機是他的。

他瞇起眼睛，在屏幕的裂痕之間找到「設定」圖示，在「設定」頁面上，可以找到機主的姓名、電話、電郵等資料。豈料，當指頭點擊圖示，屏幕的破損隨即加劇，隱約聽見玻璃裂開的「咧咧」聲，接着屏幕變黑，手機完全失靈。

他拍幾下機背。

手機非但沒恢復運作，他反而感到屏幕碎片從機身丟落地板。

「可惡！」他無奈放下手機，心有不甘，轉眼盯着腳邊的旅行袋，手機是他的，旅行袋也可能是他的，於是俯身把旅行袋挽起，平放在餐枱上，袋口的拉鍊已打開，且看裏面有沒有證實自己身分的東西，如證件、錢包之類。

張開袋口，一看，他猛吃一驚。

錢包倒沒有，錢卻有許多。旅行袋裏裝滿大疊大疊的紙幣，全是美鈔，更嚇人的是，還有一柄黑星手槍，他登時慌了手腳，退後兩步，不敢再碰那旅行袋和裏面的手槍、鈔票。

現在，他的處境相當弔詭。

一個頭部受傷、身分不明的男子，在一間不知在何處的空置公屋單位內受傷昏倒，身邊放着大量美鈔和一柄手槍。

「我是誰？我幹過什麼？」

他可以肯定自己不是解款員，因為他沒穿解款員制服，而且解款員的配備是已登記的雷明登長槍，不是偷運入境的黑星手槍。

接下來的推斷，他不希望是事實，但不由他不這樣猜忖，他是賊匪，受傷前打劫銀行或勒索贖金，遇上追捕，負傷逃脫，慌不擇路，偷進這公屋單位裏匿藏。

他愈想愈覺心寒。

「我是個善良的人，不會作賊……」他從心底發出軟弱的呼喊，瞅着餐枱上的手機發呆，即使手機沒壞，即使待會找到公用電話，讓他致電求救，但，他可以打電話給誰？

難道致電 999 告訴警方，他懷疑自己是持槍劫匪嗎？

如何開口？

簡直糟透了！

他站在陰暗的角落，看着從破窗透進來的燈光。

那列窗子開在兼容廚房與廁所的露台之上。他確定沒暈眩，便慢慢走到窗前，倚着窗台，望向窗外。他大約位處大廈的六樓，樓下是個兒童遊樂場，設置了滑梯、鞦韆、搖搖板等，不是殘破，就是陳舊。在圍繞遊樂場的「花圃」裏，花葉凋零、雜草叢生，正前方的「花圃」左右各豎一柱路燈，一盞沒亮，另一盞亮度不足，散發混濁泛黃的光線。「花圃」以外是行人道，道旁疏落的栽種着不高大、不茂密的印度橡樹。行人道蜿蜒貫通鄰近的公屋大廈，左側的三座盡皆烏燈黑火，明顯的，人去樓空。右側的兩座，樓梯燈仍然放亮，零星的住戶單位內透出燈光。屋邨外圍的馬路兩旁盡是違例泊車，雙線行車路面僅容一輛汽車駛過。馬路對面是一所學校，校舍上下亮着幾盞夜燈，映照着刻在外牆上的「陽光中學」四個顏楷大字。校園與巴士總站相隔一段斜道，車站範圍內停滿一輛輛老舊的雙層巴士，周遭一片悶氣沉沉、了無生氣。相對於稍遠處商廈高樓外牆和天台上的璀璨霓虹燈廣告，這社區顯得特別寒磣。

他不禁問，如果他是劫匪，怎會跑到這個草根社區犯案？假設他在別處犯案，為什麼要逃到這裏？連巴士也停駛，又不見地鐵站標誌，他如何前來？自己開車嗎？街上眾多的違例泊車之中，哪一輛是他的？

連串問題，他想不到答案，眼下，與其留在這裏不知就裏，倒不如先行離去，至少找人治理傷勢，再思量自己的身分或到警署自首。

他想到這裏，覺得這是沒辦法中的辦法，便走向大門，回頭瞧着遺在餐枱上的旅行袋，邊走邊考慮，來到門前的一刻，最終決定撒手不管，伸手拉開木門，外面還有一道金屬摺閘，再拉，詎料——

拉不動。

閘上傳出金屬互相碰撞的「錚錚」聲，從閘隙往外看，摺閘的鎖環上扣着一

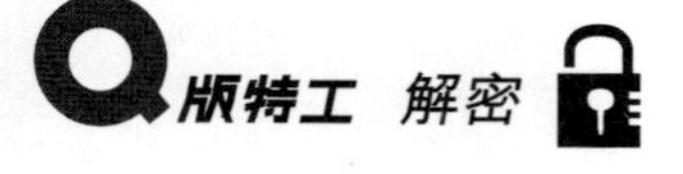

個金屬掛鎖。

摺閘在外面鎖牢。

「豈有此理！」他提腿試蹬，摺閘前後晃動，錚聲震顫，鎖環和掛鎖分毫無損，依舊堅固。

「哎喲……」他大概用了點力，牽動肌肉，引發頭痛，本已停止滲血的後腦傷口再度撕裂，不知是否心理作用，他感到有點暈眩，不得不冷靜下來，靠着摺閘慢慢坐下。

閘上鎖，路不通，坐困空置公屋內。

如何脫困？

真的光坐在這裏，什麼也不做，直至被發現、被拘捕？

不，他還有破門的「器具」可以借助。

一不做，二不休，他把心一橫，站起來，跑回餐枱，從旅行袋裏取出黑星手槍，回到閘前，右手握槍，把槍管伸出閘隙，槍口對準掛鎖，左手掩着右耳，槍聲很大，可能震破耳膜。深深吸氣，徐徐呼出。他携帶手槍，握槍穩定，手法熟練，沒絲毫發抖，看來懂得用槍，雖然有點緊張，但應不會射失，一彈足以射毀掛鎖，在警察接報到場調查前，該有足夠時間逃離這公共屋邨。

準備好了。

食指扣動扳機——

「噠——」

手槍的擊錘結實的敲打槍體，發出清亮的聲音，卻沒火藥爆炸，也沒彈頭從槍管射出。

子彈還沒上膛嗎？他狐疑，從閘隙抽回手槍，左手握着滑套向後拉動，子彈理應滑進槍膛之內，發出一聲「卡嚓」，但他只聽見滑套移動的聲音。

為什麼？

他按下握柄的彈匣卡榫，退出彈匣，一看，裏面一發子彈也沒有。

這手槍原來沒子彈！

他長歎一聲，如果他是賊，肯定是個笨賊，竟帶着沒子彈的手槍犯案！

抑或當中有別的原因，令他失去所有子彈？

不過，沒子彈的手槍，仍具破壞力，他反握手槍，把槍柄當作鐵鎚使用，於閘隙之間大力搥擊鎖環和掛鎖。

「啪——啪——啪——」

奈何閘隙太窄，每記搥擊，總是撞着隙邊，既擋去部分力道，還弄痛他的手。

「哎喲……」最後的一記他使勁搥下，手背卻意外擦撞隙邊，登時皮破血流，更不幸的，他吃痛，拿槍不穩，手槍從閘隙滑出大門，丟在門外走廊上。

「該死！」他撕下一片內衣，用來包紮手背的傷口，幸好只是皮外傷。

前無出路，又弄得傷痕纍纍，倒楣之極！

儘快離開是肯定的，此路不通，露台似是最後的選擇，他忐忑地走回窗前，開始思考越窗是否可行。外牆的水管直通地面，或是一條逃離的路徑，若是手足並用，抓緊水管，一直向下攀爬，只要不滑手、不失足，不難平安到達兒童遊樂場，荷里活電影裏的特工角色也是這樣在建築物外牆攀高爬低。

他推開破窗，打開窗花，俯身研究窗台與水管之間的外牆凹凸狀況，決定第一個踏足點、第二個踏腳點，順利的話，三步便達水管。

夜風習習，不算寒涼，但吹得他毛管直豎。六層樓，不算高，乘升降機，轉眼便抵地面。但，現在從這角度，垂直往下望，不知是否關乎頭部受創，他好像感到輕微近乎畏高的頭暈眼花。他嚥一下口水，倒抽一口涼氣，論到外形與身手，他或許及不上湯告魯斯，不過這座並非摩天大樓，攀下六層樓的公屋大廈，他倒有信心，儘管這信心不知從何而來。

他把那張沒椅背的木椅搬到窗台下，踏上木椅，轉身背向窗外，兩手扶着窗框，打起精神，提起右腳，跨出窗門，踩在預計的首個踏腳點之上，一如預料，踏得穩。確定平衡沒問題，他的左腳慢慢離開椅子，就在此時，一直擔心的暈眩再次襲來，他的右腳一滑，驟失平衡，身子往下急墜，幸虧兩手拚命抓緊窗框，右腳雖然懸空，左腳仍勾住窗台，性命得以保住。

幾乎墜樓身亡，他給嚇得心膽俱裂，急急爬回露台，縮坐窗台下的牆角，閉上眼睛，雙手抱頭，一股莫名的沮喪開始蠶食他的脫困信心。

但，他不服輸。

就是這點不服輸、不甘心，燃起他的怒火與戰意，他深深吸氣，從地上跳起，豁出去，一往無前，把頭暈頭痛完全拋諸腦後，認定摺閘的方位，把掛鎖鎖定為攻擊目標，咬緊牙關，跌跌撞撞的全力衝過去，這次他的決心無比堅定，大吼一聲，縱身飛踢，隔着摺閘「嘭」的踢中掛鎖，勁力穿透，把閘柱踢彎，把掛鎖震脫，掛鎖「咻」的飛越走廊的欄杆，直墜中庭，掉落樓下地面，傳來「啪」

的一聲巨響。

他蹲跪摺閘前，對於自己的強勁腳力大為詫異。大概用力過猛，他的腿有點痛，然而，閘鎖解決了，出路無阻，他於是拉開摺閘，一步一拐的走出公屋單位。

終於脱困了，他鬆一口氣。

附近高樓的燈光折射，透進中庭，朦朧散亂，可讓他審視環境狀況，尋覓出路。然而，完全出乎他的預料，鄰居門外欄杆前的陰暗位置，竟站着一個身形矮小的人。夜半的空置公屋大廈裏，除他以外，還有第二個人，他登時嚇了一跳，馬上喝問：「什麼人？」

那人一怔，慢慢移動腳步，從陰暗處走出。他看得清楚，那是個南亞裔女孩，看樣子十二、三歲，身穿連帽兜的短袖運動服和舊波鞋，渾身邋遢，張大一雙綠色的眼睛，驚恐地盯着他。

他把她嚇壞了。

「小妹妹，別怕，我不是壞人，我不會傷害妳。」

女孩游移不定的目光，落在他腳邊的手槍之上。

「這手槍？沒子彈的，別擔心。」他拾起手槍。

她疑慮地退後。

他向天扣動扳機，道：「妳看，手槍沒子彈，沒殺傷力。」

女孩的表情似乎鬆一口氣。

「妳聽得懂我說什麼的，對嗎？」他似是慣性地把手槍插進後腰的褲頭。

女孩點頭。在香港土生土長的南亞裔兒童都懂粵語。女孩接着抬手指着自己的胸口，另一手伸直，指尖向上，左右擺動幾下，再指一下嘴巴。

這是手語，他看得懂，明白她的意思：「我不能說話。」

「妳是啞的？」

女孩點頭承認，然後用右食指指向他，左食指與中指相搭，點動一下，右食指轉為向上，在肩前搖動。

他也看得懂，她在問：「你是誰？」

他一臉為難，擺擺手，無奈地説：「我不知道。真的，不知道。我不知道自己是誰，也不知道如何來到這裏，怎會看得懂手語。」他指着自己的頭，「大概頭部受傷，腦筋出了問題，很多事情記不起來。」

女孩走近，伸手摸摸他的頭上「綳帶」，繼續用手語説：「我家在附近，你來我家治傷。」

「太好了，謝謝。」他這才察覺她的手心流血，「咦，妳也受傷？」

「剛才被玻璃割傷。」（手語）女孩回身指着丟在欄杆前的幾塊爛玻璃。

「妳半夜三更在這裏幹什麼？」他感到奇怪。

「保安員下班，我跑進來找值錢東西，拿給收買佬換錢。」（手語）

「唉！」他覺得女孩挺可憐，「先往你家吧，我們走哪邊？」

女孩指一下左側的樓梯，開步走過去。

「妳家裏有什麼人？」

女孩搖頭。

「妳一人獨居？」

「我與婆婆一起生活。我小時候，婆婆收養我。這星期婆婆回鄉，家裏只剩我一個。」（手語）

説着、走着，他們來到樓下，橫越中庭時，她首先在一堆爛磚頭後面發現那個從六樓跌下來的掛鎖，她漫不經心地用腳尖撥弄一下，回頭以手語問：「你怎做到？」

他彎腰拾起掛鎖，發覺鎖栓長了鏽蝕，便答道：「生鏽鎖，不堪一踢。」

沿路所見，好些單位的摺閘都扣上類似的掛鎖，從鏽蝕程度估計，六樓那單位丟空至少兩年。他丟掉掛鎖，拍淨手上的鏽屑，跟在她身後。她扳開一塊封擋建築物出入口的圍板，從兩板之間鑽出去。跟在後面，他也扳開圍板，鑽出去前，回望身後，眼前景象，他有個模糊不清的印象，記得曾經從同一個位置進入這棟建築物。這是個好現象，可見，他的失憶是短暫的，記憶雖仍模糊，但恢復記憶開始有希望，希望不用太長時間。

穿過圍板，走在冷清的行人道上，周遭一片灰沉沉，屋邨欠缺維修，一半以上的路燈沒亮，即使發亮的，由於燈罩污漬斑斑，發放出來的光線，顯得病懨懨的，為這「垂死」的社區帶來一點點生氣。

女孩趨前領路，走在他的右側，較他領前半個身位。當走到路燈下面，燈光瀉在她棕黑的皮膚上，微微泛起一層稀薄的柔亮，她的臉微側着，鬈曲的頭髮彎彎覆在額上，高鼻深目，眼眸黑白分明，十二、三歲的臉上沒有稚氣，神態隱隱流露出一份江湖歷練，典型的街童本色。她的體形纖細，就少年人的標準，算是發育不良，在草根階層成長，生活不易，正常人家享受高牀軟枕的時候，她偷進丟空的公屋尋找可變賣的東西，艱難景況，可以想像。他暗暗為她惋惜。

女孩領他走進右側第二座仍有人居住的公屋大廈。原來是街坊，怪不得熟知門路。進入升降機時，他又留意到，她有意無意的戴上帽兜，似是不讓CCTV鏡頭拍攝到她進出，果然是個「慣匪」。他笑了。

「你笑什麼？」（手語）原來她一直留意他。

「我有笑嗎？」他擦擦鼻頭，「大概頭部受傷，影響神經線，臉部肌肉不受控制。」

女孩沒再回應，只是伸手按7字。

「妳住七樓？」

女孩點頭時，頭臉保持向下垂，背向升降機廂左上角的CCTV鏡頭。其實，被攝入鏡又如何？她是住戶，即使在深夜出入，亦無可厚非。不過，各有各的隱衷，他自己或許也是見不得光的人，既然女孩肯幫忙，他無謂查根問底，惹人討厭。

升降機停在七樓，門打開，兩人相繼步出，女孩領他來到一處門口被淋紅漆、寫上大字的住所外面。

「搞什麼？」他訝然。

牆上「欠債還錢」四個大字，不單止潦草醜陋，而且全都寫錯，「欠」的一撇穿頂，「債」的貝欠一橫，「還」的部首辶變成廴，「錢」的部首金變成全，簡直錯得離譜。舉凡追收貴利的大都是粗人，文化水平低乃情理之內，水平如此低卻是意料之外。

她搖頭，對於欠債的問題，她毫不知情抑或有難言之隱？從她的表情，他看不出端倪。畢竟是她的家事，她只不過是個萍水相逢的好心人，明日之後兩人或永不相見，他當然不便追問。

摺閘和木門都沒上鎖，應手而開，她入內，他尾隨兼帶上木門，她亮着燈，在某個角落拿出藥箱，先為自己料理手心的傷口，再向他招手，着他坐下，替他解開頭上的「綳帶」。

他游目四顧，屋內雜物處處，污穢凌亂。單位的間格是一房一廳，房門關上，看不見裏面的情況，但拿廳作對照，亂七八糟，可以想像。至於所謂「廳」，靠牆置了一張碌架牀，上格牀堆着大袋小袋的「紅白藍」，盡都脹卜卜的，下格牀鋪了冷氣被和枕頭，牀底塞滿紙皮箱，牀頭和牀尾掛滿衣服，牀尾的衣服之間吊着一串白蘭花。牀前擺着一張圓枱，上面放有罐頭、座枱風扇、枱燈、收音機、熱水壺、餅乾盒，大疊舊雜誌在枱面堆成一座小山崗。枱下擺放膠桶、手拉摺車，最諷刺的是擱着一部吸塵機。對面的組合櫃又舊又殘，櫃頂還擺了兩個膠箱，看起來搖搖欲墜。

周圍堆積最多的是可換錢的回收物品，如鋁罐、廢紙等，女孩的婆婆看來靠拾荒維生。

他嗅到一陣消毒藥水的氣味，知道她準備為他清洗傷口，於是收攝心神，忍着痛，不哼一聲，任她擺佈。仍有一下特別痛的，痛得像針刺一般。不過，總的來說，她的手法頗為熟練，拿蘸了藥水的棉球大範圍的徹底洗淨傷口周圍，再蓋上敷料，最後纏裹真正的繃帶，又在他的右手背貼上藥水膠布，手法像模像樣。大概在她身邊經常有人受傷，由她治理，工多藝熟。

治理妥當，她收好藥箱，又不知從何處拿出一件男裝上衣，擲給他，示意他到露台的浴室清洗身體和更換衣服。

「謝謝。」他走出露台，露台也吊着一串白蘭花，風吹過，散發陣陣幽香，驟眼向外一看，一抹光線吸引他的注意。瞧清楚，一共兩支電筒在斜對面的空置大廈內閃閃晃動，光線照射下，他認得露台那個打開的破窗、破窗下的沒椅背木椅、屋內那張安裝金屬枱腳的方形餐枱。原來女孩家的露台可一覽無遺的看見他剛才被困的單位。他才離開不久，兩個神秘人走進去似在搜證，他看得出，其中一人的動作，像在餐枱表面套取指紋，另一人撿起他喝過的礦泉水樽，不知幹什麼。

那人完成套取指紋，正打開他遺下的旅行袋檢查，但他的動作異常冷靜，按常理，發現大袋美鈔，應該表現得興奮或震驚，但他只是拍拍另一人的肩頭，另一人對美鈔的反應亦僅是瞄一眼。

他們是什麼人？

兩人的出現肯定不是偶然。他回望客廳的南亞裔女孩，她的出現，又是偶然嗎？

就在此時。

「啪——啪——啪——」有人大力拍門。

誰會深夜到訪？

女孩還沒決定是否應門，木門已被撞開，闖進一高一矮的紋身漢子。

「馮大貴在哪？馮大貴，快給老子滾出來！你欠大哥成的錢，連本帶利十三萬，幾時清還？」高個子大吼。

「小妹妹，馮大貴是你什麼人？告訴叔叔他在哪裏？」矮子不懷好意地拉住南亞裔女孩的手，順勢撫摸她的臂、背、臀。

「喂，露台有個男人，別管小孩，快去把那人揪過來查問。」高個子推矮子的背。

「馮大貴家裏有這麼多閒雜人，奇怪！」矮子不情不願地放開女孩，跨過雜物，大步走向露台。

一波未平，一波又起，他的心情壞透了。他不想多生事端，只想打發這兩個收債的離開，至少今晚離開，明天兩人登門討債，要打要剮，都跟他無關。

「喂！你——」矮子張口喝問。

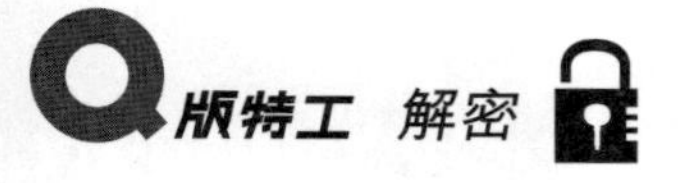

他敏捷地從腰間拔出那柄沒子彈的黑星手槍，分毫不差地把槍管塞進矮子剛張開的嘴巴裏，冷冷地說：「你們聽清楚，我只說一遍，今晚這裏沒馮大貴，你們要找他，明天請早。」

「嗚……」矮子有口難言。

「小子，我們是大哥成的人，你惹不過。我警告你，識相的，就不要多管閒事。」高個子「唰」的彈出彈簧刀，想抓住女孩作人質，卻抓了個空。女孩早就乖巧地躲開，跑出露台，站在他的身旁。

「一柄小刀有何用？」他「卡」的拉起黑星手槍的擊錘，作為最後警告，示意隨時開火，「我先轟爛矮冬瓜的臭嘴，再了結你這個竹篙精。」

「呵……」矮子又急又慌。

「矮冬瓜，你想死嗎？」

矮子拚命搖頭。

「不想死，就馬上給我滾，今晚別再讓我看見你們，明白嗎？」

矮子乖乖點頭。

他緩緩把槍管從矮子口中抽出。

矮子從鬼門關逃回來，倉皇退返客廳，猛扯高個子的衣袖，道：「他有槍，我們鬥不過他，好漢不吃眼前虧，快溜。」

「小子，我認住你。」高個子悻悻然收起彈簧刀。

「要認，就讀書認字吧。」

「你說什麼鬼話？」

「門外的欠債還錢是你們寫的嗎？沒一個字寫得正確，就連小學生也不如。」

「哼！小子，你別神氣，我們不會就此罷休，走着瞧吧。」

兩人灰頭土臉的退出女孩的家。

他把手槍放在洗碗盆旁邊，安慰女孩道：「我猜他們不敢回來，別怕。」

女孩聳聳肩，只顧低頭看手錶，毫不在意似的。

他亦不放在心上，拿起男裝上衣，走進浴室，掩上門，擰開滲漏滴水的水龍頭，水力較弱，但水質清涼潔淨，他拿坐廁旁邊的膠桶盛水，脱去髒背心，洗臉沖身。擦走血污，身心都覺得清爽。

心知此地不宜久留，他趕快沖洗，換上衣服。

走出浴室時，女孩坐在客廳那張放滿雜物的圓枱前安靜地看手錶，桌上多了兩杯冒着蒸氣的飲料，飄着阿華田的氣味。這個情景，他竟有點印象。曾幾何時，她與他同坐桌前，桌上沒多餘的雜物，只得一台七吋長的纖巧型筆記本電腦。

他幾乎可以肯定，他與她從前見過面。

她在他逃出一個公屋單位後，立即接他到另一個公屋單位，巧合得可疑。

他怔怔的瞅着她。

她仰臉瞥他一眼，把其中一杯阿華田移向他。

他遲疑，不知應否喝下這杯「飲品」？

遲疑之際，木門再次打開，這趟進來的是個胖子。難道又來一個討債的？

「幹什麼？你、妳在我家裏幹什麼？你還穿了我的衣服！」

「你是……馮大貴？」

「是又怎樣？」

來人既是馮大貴，他反而不擔心。他隨即板起臉孔，拿起放在洗碗盆旁邊的手槍，踱出客廳，半個屁股坐在圓枱一側，神氣地說：「你欠大哥成的錢，連本帶利十三萬，現在區區一件衣服，我當作利息的零頭，姑且收下。你不服氣，我可以還給你，你馬上還錢給我。」

「不敢，不敢不服氣，兄台若喜歡，多取幾件，絕無問題。」馮大貴咧嘴陪笑。

「這樣吧，我不為難你，你也別讓我難做，今晚我就當作沒遇見你。」他但求儘快打發馮大貴離開，免得節外生枝。

「是是是。這樣安排最好，我今晚沒回家，我們從沒見過面。」看見他的手槍，馮大貴的心早已涼一大截，以為今趟難以脫身，殊不知這「收數佬」肯放自己一馬，當然答應配合。

「還不快滾？」

「再見，晚安。」馮大貴三步併作兩步的逃出自己的家。

他把手槍放在桌上兩杯阿華田中間，轉眼打量她，試探地說：「我以為妳跟婆婆相依為命，原來還有一個馮大貴。」

「他是婆婆的兒子，不愛婆婆，不在這裏居住。」（手語）

「他的衣服在這裏。」

「都是他的舊衣服。」（手語）

「他有大門的鑰匙。」他突然感到頭皮發麻。

「他從前住在這裏。」（手語）

「他好像不認識妳。」

「我跟他很少見面……」（手語）她的手語做了一半，停下來，再看手錶，輕輕咳嗽一聲，接着竟然開口說話：「算了，時間差不多了，我不必繼續扮啞巴。」

她的聲線雖然幼嫩，但語氣成熟。

「妳？」他錯愕萬分，「妳是什麼人？時間夠了是什麼意思？」他的頭皮愈來愈麻，更感心律不正、喉乾舌燥、手腳乏力。

她拿起桌上的手槍，拉動滑套，發出「卡嚓」一聲。他沒聽錯，她把一發子彈推進槍膛，這槍的彈匣不是空的嗎？他一臉惘然。

「覺得奇怪？不妨告訴你，手槍是我的，彈匣經過改裝，子彈藏在彈匣底部，只要按動活門，子彈便自動升回頂部，可以上膛。」她用手槍指着他的前額，再從衣袋摸出一個手銬，「啪」的抛在餐枱旁的木椅上，「你坐下，把自己鎖在椅上。」

「妳到底是誰？」他唯有乖乖合作，拾起手銬，套落左腕，再扣着椅背。

「我是誰？你會想起來的。」

「這裏肯定不是妳的居所，真正的戶主呢？不是被妳殺掉了吧？」

「我不是殺人狂，老婆婆平安無恙。我物色到這地方後，找機會接近老婆婆，略施小計，令她今天不回家。至於她的不肖子、上門追債的，倒是意外。」

「妳搞這麼多把戲，所為何事？」

「夠了，現在輪到我問你。」

「我已失憶，沒什麼可以回答。」

「我瞧得出，你的記憶正逐漸恢復。」

「我不會合作。」

「你會合作的。我替你清洗傷口時，你曾感到一陣刺痛，對嗎？那一剎，我趁機在傷口旁邊作皮下注射，打了足夠分量的 Sodium Pentothal。」

「吐真劑？」

「顧名思義，令人合作招供的吐真劑，非常有效，萬試萬靈。現在，藥力該生效了。」

「我不會説。」他的心律愈來愈不正常，四肢乏力，沒法集中精神，無力抵抗，加上被銬，坐在椅上動彈不得。

「我勸你不要嘗試反抗，老實回答吧，你愈反抗，愈覺身體不適。」

他的意志渙散。

「我來問你，你叫什麼名字？做什麼工作？」

他已身不由己。

「我叫阿 Wing，是個特工。」

2 輸入密碼

「我雖然不知道她取去什麼檔案，但我有責任從她手上搶回，因為我遭她注射吐真劑，為她輸入密碼開啟檔案……」

Lam Tin & Lei Yue Mun
藍田及鯉魚門
2
50
TU 974

1

陽光中學正門外面的一列違例泊車之中，唯獨一輛停在樹蔭底下黑銅灰色的平治 Sprinter 輕型客貨車車上仍然有人。

客貨車內沒亮燈，坐着一男一女。他們身穿顏色深沉的衣服，非常安靜，幾乎是一動不動，若非刻意注視，路人絕不會察覺他們，何況深宵街頭，路人少之又少，他們就像不存在似的，留守車內，監視街巷。

「阿 Wing 一定在附近，他的車停在馬路對面。」男子速讀手機屏幕的訊息，「有結果了，化驗組的同事核對過我傳過去的指紋掃描。那空置單位內桌上的指紋，確定是阿 Wing 的。」

「阿 Wing 果然到過上址。雖然還沒拿去化驗，我在那礦泉水樽上採集的唾液樣本，該找到阿 Wing 的 DNA。」女子不住左顧右盼，心裏有個不切實際的希望，希望突然在行人道某處發現阿 Wing 的身影。

「那傢伙死性不改，老是自把自為，無緣無故改變計劃，脱離我們的監視。」

「可能情況有變，他不得不這樣做，不過他沒關掉車上的追蹤器，又把手機帶到那空置單位內，讓我們追蹤到這裏。」

「還是不知所蹤呢！」男子輕輕歎氣，「在那空置單位內遺下巨款，摺閘遭重力撞毀，門外的玻璃碎片沾有血迹，這種種迹象顯示交易不順利，雙方甚至動起手來。現在他下落不明，唉！但願他平安無恙。」

「阿 Wing 一定平安無恙，我對他充滿信心。」

然而，眉宇間的憂悒，顯露女子的口不對心。

男子看得明白，為免加深女子擔憂，唯有不再説話，一同安靜地監視阿 Wing 停在馬路對面的 BMWx6M，等候他現身。

2

我原來叫阿 Wing，他想。誰替我起這個不男不女的名字？

我竟然是個特工！還以為自己是攝影師。七十二種行業這麼多，例如水電技工、圖書館員、教師、醫生、律師、工程師、廚師、消防員、巴士司機等，都是正當職業，我偏偏不做，選擇風險最高的特工。他繼續想。怎可能這樣？會不會受到藥物影響，我亂說一通？

「不會的，你服下我的吐真劑，只說真話，不會亂說話。」南亞裔女孩把一台纖巧型筆記本電腦擺在他面前，改以命令的口吻說：「輸入密碼。」

經她一說，阿 Wing 的腦海裏立即浮現出十三個英文字母和數字的組合。

遲疑之間，女孩繞到阿 Wing 的身後，用手槍抵住他的頭，溫柔地握住他沒上手銬的右手。阿 Wing 感到她的手心冰冷。她小心地牽拉他的右手放在電腦鍵盤上，說：「正確輸入，不要按錯鍵，你說過只得一次機會，稍有差錯，檔案自動銷毀。留神啊！我沒檔案，你沒命，變成雙輸。」

阿 Wing 盡力拒絕合作，但力不從心。

她頓了一頓，再次下令：「開始輸入密碼。」

阿 Wing 只覺自己的指頭變成她的傀儡，不由自主的，完全服從她的指示——按鍵。

「得——」第一個字母鍵準確按下，接着，他的抵抗全然崩潰，十三個字組成的密碼一一輸入無誤。

屏幕顯示，檔案正在開啟。

那是什麼檔案？她大費周章的攫取，檔案內容一定非常重要，不知牽涉什麼機密資料？他下定決心，要不惜代價把檔案從她手上取回或銷毀，以彌補自己的失誤。

「謝謝你的合作。錢已被你的同事取走，我們是公平交易，現在，我給你錢，你給我檔案，互無拖欠。」南亞裔女孩收起電腦，收起手槍，打算離去，「我不殺你，就當作你欠我一條性命，日後償還。」

雖仍沒弄清楚事情的來龍去脈，但不能讓她溜掉。阿Wing掙扎站起，待要攔阻她，奈何銬着椅背，仍然力不從心。

「沒用的，省點氣力，待藥力一過，你便回復生龍活虎，區區一個手銬，困你不住，給點耐性吧。」

「喂！妳別跑……」

大門「蓬」的關上，她就這樣輕輕鬆鬆地離開他的視野範圍。門外，她漸遠的跫音在走廊上響了一陣。過後，周遭回復寂靜，她拿着筆記本電腦全身而退。

阿Wing放眼四周，好像身在噩夢之中，午夜被垃圾圍困，又靜又亂，又擠又暗，一個人也看不見，只有垃圾一般的家居雜物，門閉得緊緊的，露台的窗敞開，

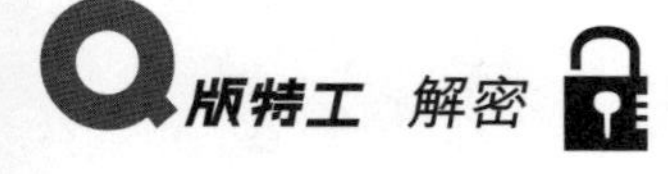

白蘭花的香氣隨涼颼颼的夜風飄進屋內，她像一隻偷吃的野貓，吃飽了，搖着尾巴，溜之大吉，狡猾地消失在黑暗的深巷之內。

一彎極細極纖的月亮，貼在都市夜空的厚雲上，都市的霓虹燈光令它黯然失色，月色又白又淡，幾乎看不見。對面丟空的公屋大樓靜靜的直立着，阿 Wing 記起了，南亞裔女孩曾在那公屋單位裏，坐在他的對面，兩人之間隔着一張方枱，枱上放着那台纖巧型筆記本電腦，電腦屏幕面向他，她狡猾地說：「我來了，你輸入密碼吧。」

她「來」之前、他受傷昏倒之前，究竟發生什麼事？記憶一片空白，阿 Wing 怎也想不起來。

這狀況真叫人氣惱。

「可惡！」阿 Wing 使力扯動手銬，以為至少可扯爛椅背，還他自由，可是椅子出奇的堅實，不僅扯不爛，還弄痛他的手腕。他搓揉手腕，唯有另想辦法弄開銬鎖，心裏問，這裏有沒有指甲鉎、髮夾或萬字夾之類？該有的，在一個拾荒老婦的家裏，除了金銀珠寶，不值錢的小工具應當齊全，難題是，如何在堆積如山的雜物之中把小工具找出來？

頭痛之際，門外響起密集的腳步聲，緊接下來，大門又被人踢開。

抬頭一看，又是那對高矮「收數佬」。他們有膽量去而復返，必定有備而回。

「你兩個嫌命長麼？竟敢回來！」阿 Wing 不得不虛張聲勢，「趁我還沒發火，你們速速在我眼前消失。」，他現在失去武器，左手被銬，強弱之勢頓然逆轉。

「臭小子，你才嫌命長。大哥成的人也敢開罪，你今晚死定了！」高個子一臉有恃無恐。

一看他們身後，門外人頭湧湧，兩人果然帶來援手，人數恐怕不少。

「香港地，不獨你有槍，我也有，還有滅聲器，射死你也沒人聽見。」矮子神氣地露出手槍，套上滅聲器，舉起對準阿 Wing 的頭部，「去死吧！」

「啊呀！」阿Wing大吃一驚，慌忙跳離座位，單膝跪地，心存僥倖的扛起木椅擋在身前。

「撇——」

阿Wing身旁的紅白藍中彈，袋口傾歪，「嘩啦」一聲瀉出一地砸扁了的鋁罐。

矮子的眼界差劣，阿Wing飆出一把冷汗。

「你射不中，讓我來。」高個子張開手，向矮子要槍。

怎可能讓他開第二槍？阿Wing立即反擊。他左手扛着木椅，右手抄起一個扁鋁罐，抖動腕勁，甩向矮子。

鋁罐急速旋飛，隱隱發出一陣破風嘯聲，「啪」的重重擊中矮子的腳脛。矮子慘叫仆倒，撞翻一個殘舊的木架，架上雜物如山泥傾瀉般倒在他身上，幾乎把他淹埋。

趁着對方陣腳生亂，阿Wing接連旋出三個扁鋁罐，一一打中高個子和他身後的黑幫打手，然後舞動木椅當作護盾，衝出屋外。南亞裔女孩沒說假話，他回復生龍活虎，相信藥力已過。而且，眼見自己身手了得、眼界奇準，他不禁精神大振。

高個子和同黨被「暗器」擲中，痛得哇哇大叫，抱頭竄出屋外。阿Wing隨後躍出大門，殺得性起，見人就打，拳揮腳掃，連傷數人。一時之間，沒人有膽欺近。不過，待他站定腳步，瞧清楚左右兩側，狹長的走廊上，竟站了十多二十人，手上都拿着武器，不是開山刀，就是水喉鐵，而他孤身一人，手上只得一張爛木椅，身手再好，時間一久，勢必寡不敵眾。

阿Wing臨危不亂，隨即背靠牆壁，揪住一個剛被鋁罐擲傷額頭的黑幫打手，用鷹爪扣鎖對方的咽喉，把他脅持在身前當作人質，左手仍緊握木椅，四隻椅腳向外，誰敢過來，便用椅腳捅他。

「我們溜吧，打鬥聲驚動居民，他們多半已經報警。」站得最遠的打手早就準備撤退。

「不行！一定要打垮他，上吧！」這人口裏說「上」，腳步卻「退」，又一個無膽匪類。

「我們十幾人，有刀有棒，竟然敵不過他一人，實在太丟臉，不幹掉他，誓不罷休。」仍有個不知死活的死硬派。

「沒想過這麼棘手，警察轉眼就到，我們先退，來日方長，他逃不掉的。」這人戰意全消。

這班烏合之眾舉棋不定之際，阿Wing眼觀六路，迅速擬好殺出重圍的策略，即揚聲喊道：「聽，警笛聲呀，警車來了……」

一時之間，眾人不約而同地停下來、靜下來。

趁他們中計分神，阿Wing驀地發難，把人質推向左側，順手扯斷他頸上的劍形金屬鏈墜，插進手銬的匙孔，以意想不到的嫻熟手法弄開銬鎖，把笨重的木椅扔向右側，一下子成功製造混亂，再把兩側的黑幫打手逼開。

右邊，一人被木椅擲傷。

左邊，人質撞翻兩人。

阿 Wing 擺動身體，佯裝攻左，實則撲右，同時把金屬鏈墜向上彈射，射破頭頂的燈泡，走廊登時晦暗不明，亂上加亂。眾人還沒適應環境突變，阿 Wing 左手使「餓虎擒羊」，右手使「蒼鷹搏兔」，雙手各抓一人擲向身後。後面，一時人撞人、刀碰刀，撞得人仰馬翻。尖刀無眼，在狹窄的走廊裏，避無可避，隨時自相殘殺，誰都不敢冒進。

身前，正面交鋒，阿 Wing 貼身短打，黏手纏鬥，以標指寸勁制敵。黑幫人多反為誤事，他們雖然有刀有棒，卻受空間局限，遭同伴阻擋，被阿 Wing 牽制，完全處於下風。

阿 Wing 明白，他的上風得來帶點運氣，全憑地利，若在寬闊的位置，如中庭、升降機大堂，這些黑幫打手可前後包抄、左右夾擊、四面圍困，他就變成腹背受敵。所以，得勢便要溜，此地不能久留。

阿 Wing 心裏考量，無礙出手，招式依然狠辣、利落，他內閃打出一記「高橫掌」，痛擊一人下顎。那人往左跌倒，「人牆」之間露出空位。機會來了，阿 Wing 快步捷進，穿過人隙，撞開防煙門，跑下後樓梯。背後，殺聲震天，卻沒人即時追下。阿 Wing 也不管了，一口氣跑到樓下，橫越小公園，逃離屋邨，奔過馬路，經過陽光中學門外，望巴士總站逃去。

3

「阿 Wing 呀！」女子在 Sprinter 客貨車內指着擋風玻璃外面大叫。

「剛才跑過的人是阿 Wing？」男子看不清楚，心裏存疑，「他的車就在這邊，他有車不用，跑去巴士總站乘搭巴士麼？」

「我肯定，真的是他。」女子不打算說服男子，逕自推門下車。

此時，大羣黑幫打手就在車前跑過，殺氣騰騰的，在追殺阿 Wing。

「阿 Wing 有危險呢！」女子回身拉開貯物格，取了手槍和伸縮警棍，「快去助拳。」

「是。」男子也跳出車廂。

兩人從後追趕，跑到巴士總站，不見阿 Wing，卻見那羣黑幫打手左右散開，穿插於停泊的巴士之間，分頭搜索。大概阿 Wing 藏身巴士總站某個角落。

男子與女子互打眼色，均在心裏讚賞阿 Wing 機警，停泊在總站的巴士又多又密，藏身之處多不勝數，敵人要逐處搜查，不得不化整為零，平白給阿 Wing 機會逐一擊倒。可笑的是，那些笨蛋還自恃人多勢眾，不自量力地分頭行動。

「我們助阿 Wing 一把，為他省點時間和氣力。」男子飛身向左，動作敏捷，快而靜的閃到一名打手背後，左手迅雷不及掩耳的掩住對方的嘴巴，右臂猛力箍頸，一動手就把那人制服。那人掙扎幾下，便告暈倒在男子強勁的臂彎之內。

女子冷冷一笑，跨出腳步，輕盈地走向右側，手握伸縮警棍，前臂向下揮動，借助離心力展開三節棍管，她步履不停，穿進兩輛巴士之間，鎖定另一名打手。那人背着她，站在候車處前端，她悄悄攀過候車處的欄杆，逐步逼近。當那人察覺身後有異，卻已太遲，還沒回望，已被她用警棍劈擊後頸，軟倒巴士站下。她小心跨過那人，背貼巴士車頭，探頭觀察隔鄰的候車處，只見阿 Wing 伏在候車處上蓋，打算偷襲下面的兩名打手。她於是輕吹一下口哨，分散那兩人的注意，阿 Wing 見機不可失，縱身撲下，雙掌齊發，又打倒兩個。

就這樣，三人分頭出擊，分工合作，輕易把那羣黑幫打手全數收拾。

「阿 Wing……」她叫住他。他在車長休息室前停下，她跑過去，儘量壓抑激動的情緒，大力擁抱他。

「你無恙，真好。」

他愣住了，茫茫然不知所措，雙手僵硬，指尖輕碰她的腰和背，推開她嗎？好像不近人情，任她繼續擁抱嗎？又好像過分熱情。

她漸漸感受到他的困窘，放開他，緩緩退後，打量他，問：「怎麼了？你的傷不礙事吧？」

「我的頭部受傷，導致失憶。只記得妳叫R，其餘的，全部記不起來。」阿 Wing 的表情尷尬，「而他，他叫阿漆，我記得多一點點，我曾經跟他一同上學。」

阿漆剛跑過來，聽見他們的對話，大感詫異。

「我送你去醫院檢查。」R關切地牽住阿Wing的手。

「不。」阿Wing輕輕甩開她，「我急於要尋回一個南亞裔女孩，我相信她拿了一份非常重要的檔案。」

「她拿了檔案？你的意思是，跟你交易的是個南亞裔女孩？」阿漆只覺不可思議。

「大概是吧，但我記不起什麼交易。」

「她是不是十二、三歲，身穿運動服？」R問。

「就是她。」

「她大約十分鐘前在我們的車前跑過。」

「對，說起來，我也有印象。當時，我只以為她是屋邨女孩，沒懷疑她的身分。」

「她走哪個方向？」

「那邊。」阿漆指着斜路。

「這樣吧，阿 Wing，我與阿漆去追她，你去醫院。」

「不，妳不明白的。我雖然不知道她取去什麼檔案，但我有責任從她手上搶回，因為我遭她注射吐真劑，為她輸入密碼開啟了檔案。」

「檔案已開啟！天呀！」R 極其失望，用手背拍一下前額，「我早就反對你的過分冒險，你就是不聽，現在出事了！」

「現在不是追究責任的時候，我們要儘快捉住那女孩，取回檔案。」阿漆為阿 Wing 打圓場。

「事不宜遲，我們快追。」阿 Wing 轉身便跑，卻被阿漆一把拉住。

「幹什麼？」

「你的車就在那邊，開車吧。」

「我的車？」

「斜路盡頭是岔路，我開客貨車往左面追，你們往右。阿漆，別讓他駕駛。」

R多瞧阿Wing一眼，不欲多言，轉身跑向客貨車。

「來，我們走這邊。」阿漆扯了一下阿Wing的衣袖，待R跑遠，低聲在阿Wing耳邊說：「R不高興。」

「我跟你們的關係是？」阿Wing邊跑邊問。

「我們三個都是特工，隸屬同一個組織，我亦是你的小學同學，而R，更是你的女朋友。」

「女朋友？」阿Wing疑惑。

「打開車門吧。」阿漆停步，指着跟前的BMWx6M。

「我沒車匙。」阿Wing拍拍褲袋。

「看來，你的失憶挺嚴重。」阿漆抓着阿Wing的手，教他把手掌放在駕駛座的車窗上。

「嘟——」車窗上的感應裝置確認指紋，門鎖自動打開。

「你坐副駕駛座，我來開車。」阿漆拉開車門，跳進車廂。

阿Wing於是繞到另一邊登車，才坐定，目光隨即被擋風玻璃上的水撥吸引，從這個角度看雨刷，他的腦海閃出一個古怪的景象，那南亞裔女孩把一張紙條夾在水撥之下。

「喂——」阿漆碰他一下，「眼怔怔的幹什麼？替我發動引擎……」想起他失憶，亦不多費唇舌，乾脆拉起他的手，教他握住「波棍」頂部，完成指紋辨識。

汽車引擎「隆」的發動。阿漆爭取時間，馬上轉檔、踩油，把車駛走。

前面，R的客貨車已駛到斜坡盡頭，開始右轉。

「阿漆，我的記憶零碎式的恢復，資料殘缺不全，很多事情不清楚，剛才你說R是我的女朋友，但當我聽見女朋友時，我相應的反射記憶是——真生……」

「殊——」阿漆給嚇了一跳，慌忙向他做一個「噤聲」手勢，然後小心掃視儀錶板，確定通訊器材沒開啟。

「你如此緊張，為什麼？」

「拜託，別讓R聽見。」阿漆把車煞停，停在交叉路口之前，向阿Wing雙手合什，「目前形勢嚴峻，別讓你們的兒女私情影響任務。我們要集中精神追截那南亞裔女孩。你好好想一下，可有線索幫助我們找到她？」

「對，紙條，她曾給我一張紙條……」阿Wing拉開貯物格，「呀，找到了，果然在這裏。」

「寫着什麼？」阿漆繼續開車左轉。

「上面寫着……」阿Wing攤開紙條，「前往第4座617室。不准携帶武器、手機、手錶、錢包、通訊設備。」

「原來她以這種方式向你指示交易地點。當時，相信你也跟我一樣，以為她是屋邨女孩，替人送信，誰會想到鼎鼎大名的施碧娃，竟是個南亞裔女孩！咦，不對，施碧娃出道二十年，雖然極少數人見過她的真面目，但不管如何計算，她的年紀不應是十二、三歲，真古怪……」

「阿漆，你咕嚕咕嚕的在說什麼？」

「算了，稍後跟你解釋，我們現在留心馬路兩旁，她應該跑不遠。」

「你開慢一些，路旁很黑，又有樹木……」

「Okay，仔細看清楚，別讓她溜掉。」

阿漆輕踩制動踏板，減慢車速。

BMWx6M 的紅色尾燈燦然亮起。

4

Sprinter 客貨車、BMWx6M 先後駛過，在斜路盡頭拐彎去遠，南亞裔女孩這才從陽光中學正門的石柱後轉出來，她拿着筆記本電腦，勾起嘴角，似笑非笑的，瞧着空蕩蕩的馬路，片刻，拿定主意，旋即轉身，翻過圍牆，偷進校園，跑上二樓，用百合匙打開其中一間課室的門，在牆角找到電力插座，從衣袋取出電線為筆記本電腦充電。

電腦畫面仍是一個漏斗圖示，漏斗下面顯示倒數時間，還剩十九分十二秒。

她不理解為何完全打開那個檔案的預計時間要三十五分鐘之久？

沒辦法，她不懂得使電腦加速，唯有等，折騰這麼久超乎她的預計，眼見電腦的電力即將耗盡，迫於無奈，她要找一處可供充電、網絡訊號穩定的地方，待檔案打開，第一時間把資料傳給客戶。

環顧屋邨一帶，午夜的陽光中學是最理想的地點。躲藏在沒人的校舍裏，遠勝過在街上亂跑，萬一電腦沒電，或被阿 Wing 趕上，打起來誤損電腦，已到手的檔案可能因此失去，那就功虧一簣，追悔莫及。

這份檔案得來不易，明知阿 Wing 跟她交易是個陷阱，目的是引她現身，把她拘捕，她也答應，不入虎穴，焉得虎子？她就是喜歡冒險，樂意接受挑戰，看，不是成功了麼？

她沾沾自喜。

當阿 Wing 依約抵達陽光中學門外，她大方現身，在他面前把紙條夾在他的汽車雨刷之下，然後跑進小公園裏去。一如所料，阿 Wing 被她的外貌與打扮誤導，把她當作尋常的屋邨女孩，當他打開紙條，知道交易地點在第 4 座 617 室，便把心思放在交易的部署，忽略截停查問她，即使是查問，她的答案是收了一個陌生女人五十元，照女人的吩咐遞送紙條，阿 Wing 亦拿她沒辦法。

不過，無可否認，阿Wing的確是個厲害的對手，藝高人膽大，不容易應付。

阿Wing找到617室後，她已坐在拾荒老婦家的露台，躲在一旁，拿起望遠鏡監視他的動靜。為了方便行事，她略施小計，令到拾荒老婦今晚留在醫院裏，至於老婦那經常不回家的爛賭兒子，今晚突然返家，卻是個意外。阿Wing在617室裏找不到完好的物件，除了枱底的旅行袋、枱上的纖巧型筆記本電腦，他不心急，沒碰旅行袋和電腦，只是坐在枱前靜心等候，他明白「買家」要確定絕對安全，才肯現身。

的確，南亞裔女孩觀察一輪後，確定阿Wing是單刀赴會，附近亦不見疑似支援的人員，才放心現身——在筆記本電腦的屏幕出現。

她戴上卡通人物面具，用手機遙控已連線的筆記本電腦，啟動電腦的視像會議軟件，透過變聲器，選用一把低沉沙啞的「老牛聲」，質問阿Wing：「你為何不依我的指示，擅自携帶手機？」

「我不帶手機，如何運貨？」阿 Wing 氣定神閒地拆開手機的蓋板，退出備用 SD 卡，把 SD 卡套入閱讀器內，在電腦鏡頭前晃了晃，道：「貨物在此。」

「聰明，那麼，把它插進筆記本電腦的 USB 接口，功成身退，拿起枱底那袋錢，離開這屋邨，不要回頭。」

阿 Wing 把 SD 卡插進電腦，仍舊安靜地坐着，架起腿，雙手交疊放在膝蓋上，笑而不語，不急於拿錢，也沒意思要離開。

南亞裔女孩不問他，也不管他，只顧用客戶提供的軟件遙距檢測 SD 卡內的檔案，確定是所需的「貨物」，且沒潛藏病毒、間諜程式，便安心開啟檔案，誰知——

「需要密碼？」她惱火了，「你玩什麼把戲？」

「很明顯，我在檔案加入防護設定，需要我輸入密碼解鎖。」

「在這個世代，破解密碼易如反掌。」

「沒錯，但一般的破解密碼方法，需要時間和不斷嘗試，我不是嚇唬妳，這組密碼只可輸入一次，稍有誤差，檔案自動銷毀。我勸你不要冒險。還有，檔案要完全打開，才可以複製、傳送。」

「你不守行規，臨時改動交易方式。」

「嘿嘿……」阿 Wing 冷笑一聲，「我自有我的規矩。我在江湖上行走，從不與藏頭露尾之輩交易。」

「你在江湖上混，無非求財，錢就在你的腳邊，都是美鈔，拿了錢，好好去享受人生，不要多生事端。」

「我天生一副牛脾氣，從不破例。」

「你想怎樣？」

「面對面交易。」

「我是個不祥人，見我，你會交上噩運，沒好下場。」

「是嗎？我偏不信邪。」

「那好，你等我幾分鐘。」

「你在附近？」

「我是街坊。」

視像會議中斷。

5

在岔路右轉是上坡路，愈走愈偏僻，車窗兩旁盡是一根根黑色的樹影子，沒燈光，沒人迹，R駕着客貨車蜿蜒而上，不覺車程已逾五分鐘，沿途不見一個路人。南亞裔女孩若徒步向山上逃走，老早被她追上，所以，R追錯方向。

她減速，靠邊停車，車輪「咔嚓咔嚓」的輾過路旁的碎石子，徐徐停定，她關掉引擎，放下車窗，豎起耳朵傾聽，除了風吹草動，山坡周圍一片死寂。南亞裔女孩不在這邊，追捕她，唯有寄望阿漆和阿 Wing。

一想起阿 Wing，她的心就楸楸作痛，淚水不自覺地淒然滴下。

夜深。

心事埋得也深。

然而，再深，亦有曝光的一天。正如火山深處的岩漿，平靜的日子，山景挺秀，但當岩漿噴發時，怵目驚心。

畢竟事隔多年，阿 Wing 與真生過去的戀情，R 心裏縱有千般介意，表面上，她不容自己在言行之間流露出來。她一直迫使自己相信阿 Wing 待她很好，兩人之間相處很好，真生是死是活，不會對他們目前的生活產生任何影響，將來也不會。

然而，今晚當她擁抱他，他卻以冷淡回應她的熱情，儘管他的失憶乃情有可原，但他視她如同陌生人，已觸發她深埋已久的抑鬱，那種感覺驚心動魄，傷心欲絕的情緒排山倒海似的衝擊她。她嘗試以憤怒凌駕傷心，阿 Wing 當初不聽她的勸阻，冒險交易，最終出事，她的憤怒合情合理，不過，她知道自己很快心軟，看見他頭上纏着繃帶，一切工作失誤，都可拋諸腦後。

可是，情感失誤，她會惱他一生一世。

6

「妳果然是街坊。」阿 Wing 如夢初醒，為時已晚地輕拍後腦勺，「我竟然眼巴巴讓妳在我面前溜走，真是有眼不識泰山。」

「我來了，你輸入密碼吧。」南亞裔女孩坐在阿 Wing 對面，狡猾地說。

「恕我唐突，妳的外貌跟智慧能力完全不相符。」

「我十二歲那年確診患上高地人症候羣 Highlander Syndrome。」

「不老症？」

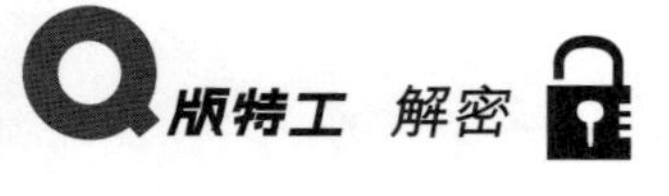

「是，身體發育變得異常緩慢，好像永遠停留在十二歲。」

「很罕見呢！」

「先生，我們在這裏不是談論醫療保健，我們趕快完成交易吧。」

「對啦，交易。」阿 Wing 瞧一眼枱上的筆記本電腦，「以妳的江湖閱歷，怎不懷疑這次交易是個陷阱？」

「不用懷疑，這分明是個陷阱。」南亞裔女孩不屑地笑了笑，「不過，你有我需要的東西，陷阱又何妨？」

「膽識過人。」阿 Wing 拍拍手掌。

「彼此彼此啦。」她俯身借意拉開旅行袋的拉鏈，「錢，如數在這裏，你不心動嗎？」實則從腰間抽出黑星手槍，站起時，擎槍指着阿 Wing，尖聲喝道：「快輸入密碼！」

「我不合作，你奈得我何？」

「你不怕死？」她移步到他身後，用槍管抵住他的頭。

「小妹妹，我怕死就不幹這工作……」

「什麼小妹妹！可惡！」她情緒失控似地用槍柄大力敲打他的後腦。

阿 Wing 感到一陣劇痛、暈眩，受襲後的即時反應，反手一掌反擊南亞裔女孩。

女孩胸口中掌，氣息窒礙，一口氣透不過來，只覺頭昏眼花，腳一軟，手一鬆，手槍丟下，湊巧丟進腳邊的旅行袋裏，也無力拾回，她自知即將昏倒，一個踉蹌，跌出大門，為怕阿 Wing 追襲，她耗盡最後一分力氣，鎖上摺閘，才讓自己跌坐倒地。阿 Wing 並沒追擊。她沒料到剛才盛怒之下，那記原意作為警告的敲打，用力過猛，阿 Wing 的後腦受到重擊，支撐不住，昏倒枱下。

南亞裔女孩迷迷糊糊的挨坐618室門外，不知過了多久，617室的摺閘突如其來的遭重力撞毀。她一驚之下，清醒過來，乍見阿 Wing 從617室步出，她慌

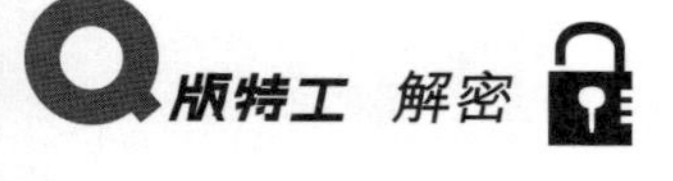

亂之間撿起欄杆前的一塊尖玻璃，準備跟他生死相搏，然而，阿Wing竟說：「小妹妹，別怕，我不是壞人，我不會傷害妳。」

她以為他裝瘋扮傻，找機會攻擊，瞥見丟在走廊上的手槍，待要拾起射他。

「這手槍沒子彈的，別擔心。」他搶先一步把槍拾起。

她疑慮地退後。

他向天扣動扳機，道：「妳看，手槍沒子彈，沒殺傷力。」

她登時鬆一口氣。

「妳聽得懂我說什麼的，對嗎？」

她點頭。平日，她不想在言語上扮幼稚，習慣扮啞巴，以手語與人溝通，避免暴露身分。她於是試探他，抬手指着自己的胸口，另一手伸直，指尖向上，左右擺動幾下，再指一下嘴巴，意謂「我不能說話」。

「妳是啞的？」他看得懂，明白她的意思。

她點頭承認，然後用右食指指向他，左食指與中指相搭，點動一下，右食指轉為向上，在肩前搖動，意謂「你是誰？」

他一臉為難，擺擺手，無奈地說：「我不知道，真的，不知道。我不知道自己是誰，也不知道如何來到這裏，怎會看得懂手語。」他指着自己的頭，「大概頭部受傷，腦筋出了問題，很多事情記不起來。」

她走近，伸手摸摸他頭上的「綳帶」，想到硬功不能令阿Wing屈服，趁着他的頭腦混亂，可藉此假意幫助，找機會誘使他洩露密碼，便繼續用手語說：「我家在附近，你來我家治傷。」

阿Wing同意。本來他佈下陷阱捉她，現在反過來步進她的圈套，爾虞我詐，波譎雲詭，誰勝誰負，沒人說得準。

7

阿漆把車停在十字路口前，前面的交通燈號轉綠，他沒驅車前行，後面沒車尾隨，不會阻塞交通。

眼前是一個沉睡的都市，靜蕩的柏油路，縱橫交錯，日間的車水馬龍、烏煙瘴氣，完全不留痕迹，道路如今寬廣清爽，呈深灰色，聽不見車鬧，聽不見人喧。阿漆把車檔轉換至泊車模式，「磯」的拉高「手掣」，放開軚盤，伸個懶腰，雙手交疊墊在腦後。

「我們追錯方向。」阿 Wing 失望地靠着椅背。

「唯有寄望R。」

「要不要打電話給她問一聲？」

「免了，有消息，她自會通知我們。」

「你跟她好像合不來？」

「我跟她只是同事，本屬泛泛之交，因為你，才與她稍為熟落。」

「我、R、真生似乎關係微妙。」

「你沒看《Q版特工》嗎？對，你失憶。簡單的說，第六集《太空殺人真菌》，你與真生重遇相戀；第十一集《再見真生》，真生為救你中毒身亡；第十七集《幽靈直線》，你對R因憐生愛，雙雙墜入愛河；第二十一集《葬祕》，R發現你對真生念念不忘；第二十四集《幻見》，R與你分手；第二十五集《藏香》，你們復合。另一方面，與嘉薰醫生合著的《真生再見》，出現突破性情節，原來真生當日假死，輾轉到達美國的小鎮隱居。第三十四集《暴風危情》，你瞞着R偷偷到美國去看真生，湊巧真生回港覆診，遇上R，兩人交談二十分鐘，R捨你而去，真生也不辭而別；第三十六集《銀狐》，R與你再次復合。」阿漆作出總結，「三

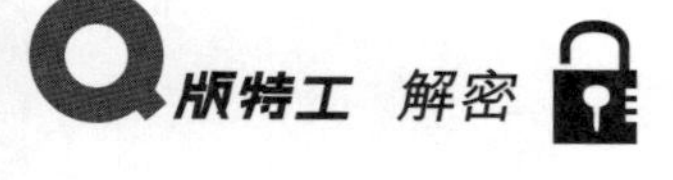

角關係，聽見也覺厭煩。」

「別說了，我寧願繼續失憶。」

「老友，旁觀者清，你對R，責任多於愛情。」

「我……」

「鈴……」阿漆的手機驀地響起，他瞧一眼屏幕，是R來電，便向阿Wing打個眼色，啟動擴音器接聽。

「聽着，南亞裔女孩藏身陽光中學，我正飛車落山。」R急不及待，「阿莫，交給你解釋。」

「我們回程。」阿漆扭軚、加速，不忙低聲向阿Wing交代：「阿莫是我們組織的電腦神童。」

「各位，我一收到阿Wing暫時失憶的消息，立即聯絡R。」手機傳出阿莫的聲音，「相信阿Wing已記不起在交易前找我幫手，為那檔案加工。」

「加什麼工?」阿 Wing 毫無印象。

「為防檔案落入敵對組織手上,我為檔案加密,又加設一組開啟密碼,同時那組密碼又是一個執行指令,制控檔案以慢速解密開啟,完全打開需時三十五分鐘,而在這三十五分鐘內,程式發放定位訊號,讓我追蹤位置。」

「我們還有多少時間?」R在線路的另一端問。

「不足四分鐘。」

「趕不及了。」阿漆把油門一踩到底,「你現在才告訴我們!」

「我不知阿 Wing 失憶,以為他另有主意。」

「阿莫,可以干擾陽光中學的網絡嗎?」阿 Wing 問。

「對,她即使打開檔案,也不能傳輸出去。可以嗎?阿莫。」R明白阿 Wing 所想,檔案一進入網絡世界,便追無可追,若把它困在特定範圍內,不能上線,他們仍有機會奪回。

「可以的，我在努力……多給我幾秒……成功了！陽光中學的所有網絡系統，不管有線的或無線的，完全被我封鎖，就連電力也給我截斷。」

「好耶！」阿 Wing 與阿漆齊聲喝采。

「我到埗，阿莫快把校舍的立體圖傳給我。」R疾馳抵達陽光中學門外，急急煞車，電話通訊隨即中斷，她看看手機屏幕，幸而立體圖在斷線前傳到手機，標示目標位置在二樓。

此時，阿漆和阿 Wing 趕到。

「在二樓。」R取了手槍和電筒，跳下客貨車，攀進校園。

阿 Wing 與阿漆雙雙躍上圍牆，阿 Wing 躍下，隨R衝向主座校舍，阿漆留在牆頂監視周圍。

電力中斷，校舍的夜間照明全數熄滅，上下一片烏燈黑火。

越過籃球場，R指着後樓梯，跑向主樓梯。阿 Wing 會意，與她分頭包抄。

飛快跑上二樓，兩人差不多同時抵達走廊兩端，朝着目標課室進逼。R專業地集中精神，面對阿 Wing，不想阿 Wing，緊緊盯着課室大門，高度戒備，因為南亞裔女孩隨時衝出、隨時偷襲，機會可能只得這次，絕不能讓她逃脱。

阿 Wing 閃到門邊，向R一點頭，就踢開大門。R配合行動，雙手交叉，手槍和電筒都對準課室內部。

一看，課室空空如也，枱椅整齊排列，南亞裔女孩不在裏面。

「電腦在書桌上。」R快步趕過去檢查。

阿 Wing 守在她身旁戒備。

「檔案已完全打開……沒網絡，檔案沒向外輸送……」R忙着按鍵，「但，操作記錄顯示，檔案曾被複製，貯存到另一個卸除式記憶體。」她一摸電腦的 USB 接口，「可能是一隻 USB 隨身碟，已被她取走。」

「可惡！」阿 Wing 拍枱，「但，幾分鐘而已，她能夠躲到哪裏？前後樓梯都不見人。」

「莫非她逃向天台？」

「對，我們逐層向上搜查……」

「逮到她了！」阿漆在籃球場上大叫，「阿 Wing、R，我逮到那女孩呀！」

「真的？」R 拿起筆記本電腦，跑出課室，倚着走廊的矮牆往下望，但見南亞裔女孩躺在地上，右腿外側插着一柄飛刀，阿漆把她丟在地上的手槍踢開。

「就是她了，阿漆，幹得好。」阿 Wing 豎起拇指，「問題解決了。」

「搜到那隻 USB 隨身碟才稱得上解決問題。」R 把筆記本電腦交給阿 Wing，捋起衣袖，跑下樓梯，來到南亞裔女孩身旁，蹲下，二話不說，就徹底搜身，搜遍她的衣服、頭髮，就連鞋子也脱掉，最後大力抓緊她的下顎，迫使她張開嘴巴，依然找不到任何卸除式記憶體。

「在哪裏？」R 揪住她的衣襟。

南亞裔女孩昂起頭，勾動嘴角，向上掃視三人一眼，然後合上眼睛，緊閉嘴巴。

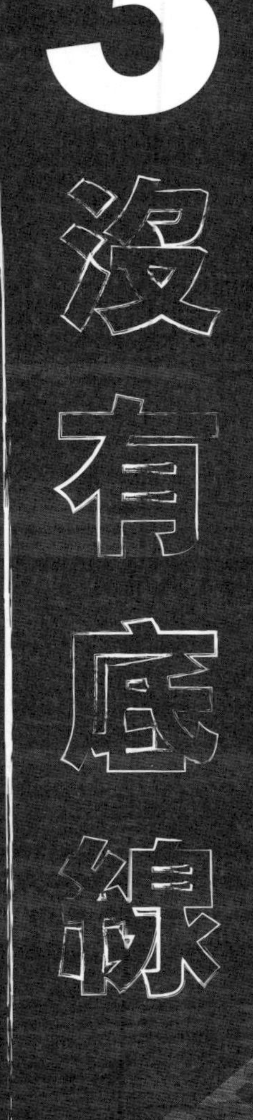

3 沒有底線

神秘的國際罪犯施碧娃，自稱「便利屋老闆娘」，客戶只要出得起錢，可以委託她做任何事，沒立場、沒底線、沒國界……

1

灰藍色的天空透出一絲絲柔光，不刺眼，不熾熱，不會教人想起太陽眼鏡和防曬乳霜，只會淡淡然讓人知道天亮了，是時候起牀上班、上學。

第一班巴士準備開出，車長跨進駕駛座，調校座椅高度，查察儀錶板的讀數，檢查壓縮空氣存量，再檢查「手掣」和「波棍」，一切妥當，便扣上安全帶，發動引擎，然後打開車門。

排在最前位置的乘客似是個地盤工人，挽着裝載工具的帆布袋，一臉睡眠不足，踩着沉重的步伐慢慢登車。排第二的婦人，恰恰相反，精神奕奕的，戴着耳筒，拿着手機，聚精會神地「煲劇」，大概劇情緊湊，她沒在意可以登車，仍舊站着不動，後面的大叔按捺不住，從後推她一下，以作提醒。

婦人突然被推，深深不忿，回頭向大叔怒目而視。

「望什麼呀妳？上車啦！阻住地球轉。」大叔得理不饒人。

「你摸我，想非禮嗎？」婦人反唇相向，轉換爭拗點。

「我非禮妳？妳今朝出門沒照鏡嗎？」

「喂，你兩個加起來過百歲，要吵要鬧，移到一旁，別阻礙我們搭車上班。」

後面的人開始鼓譟。

「你們沒公義呀！我被他非禮，你們不幫忙報警，還批評我阻礙你們。好！老娘就阻礙你們。」婦人張開雙手，挺胸收腹，擋住車門，「看誰敢動我一下？」

「大姑，我要準時開車的。」車長看不過眼，「妳要撒野，請往別處，不要在我的站頭搞事。」

「妳讓不讓路？」那大叔火了，「妳不讓路，我一腳蹬妳落坑渠。」

「你還想打我？打人呀！非禮呀！警察呀！」婦人指着車站外圍的馬路，「警察來了，警察來了，快來捉拿這個鹹濕佬。」

眾人不禁回頭觀望，果然駛來一輛警察衝鋒車，都感奇怪。

「警察來得這麼快？」

「誰報警的？」

「芝麻綠豆小事，出動衝鋒車，警察沒事做嗎？」

「鹹濕佬，你別逃，警察來捉你啦。」

「我堂堂正正，當然不逃，說不定警察來捉妳進精神病院呢！」

眾人議論紛紛，衝鋒車並沒減速，在巴士總站旁駛過，車上的警察對婦人的大叫、招手視若無睹。衝鋒車一直駛至陽光中學，才告停下，警察匆匆下車，在校門外拉起封鎖線。

「學校發生什麼事？」有人好奇地問。

婦人也好奇，不期然挪動腳步，移到視野不受阻擋的位置，遙看警察工作。

她一移開，去路無阻，後面的乘客連忙登車，車長連忙關門開車。

「喂！我還沒上車呀！等一等……」婦人察覺已經太遲，「巴士佬，我投訴你……」

在婦人的投訴聲中，巴士駛離車站，在陽光中學前拐彎，駛下斜路。車上的乘客紛紛靠近車窗，觀看警察工作。一名警察揮動橙紅色的交通指揮棒，示意車輛離開，不准靠近封鎖線。

氣氛相當緊張。

「究竟發生什麼事……」車長瞧着側倒後鏡嘀咕。

藍白雙間的「封鎖」膠帶，在風中上下飄曳。

2

阿Wing走進會議室，察覺氣氛相當緊張。上司M罕有的神色凝重，R一貫的愁眉不展，其餘的特工同僚阿漆、露絲、梁賢、泰臣等都垂頭翻掀文件，細心閱讀。平日最懶散的阿Ken、最不認真的高文都端正坐着，不發一言。

「發生什麼事？」阿Wing詢問，沒特定目標，知道總有人回答，等了大約五秒鐘，R把一份檔案推給他，說：「施碧娃，國際刑警的全球通緝犯。」

「施碧娃……」阿Wing打開檔案，大略掃一眼，他記得施碧娃，是個神秘的國際罪犯，自稱「便利屋老闆娘」，客戶只要出得起錢，可以委託她做任何事，沒立場、沒底線、沒國界，二十年來，許多國際大案，如暗殺政要、盜竊古玩名畫、偷運偽鈔電板、恐怖襲擊、竊取軍事機密等，都有證據是她所犯的。由於此人從不露面，作風低調，行事乾淨，一直成功避過國際刑警的追捕。

「這次，我們收到線人的情報，施碧娃接受一個地下軍火商的委託，要取得軍方隱形戰衣的晶片技術。」阿漆補充，「那軍火商與恐怖組織關係密切，也是國際刑警的追緝目標。」

「隱形戰衣，我略知一二，其核心技術是借助一種光學晶片，使戰衣周圍的光線彎曲，不與戰衣產生相互作用，達致肉眼的隱身效果。」阿 Wing 沉吟片刻，一敲枱面，提議道：「我們就設一個局，託線人聯繫施碧娃跟我們交易，引她現身，佈下天羅地網，把她拘捕。」

「好計！」阿 Ken 拍掌附和，「逮住她，便可逼她供出那軍火商的下落，也可偵破二十年來的多宗國際懸案。」

「不可行的。」R皺起眉頭，「施碧娃行事謹慎，我們沒真貨，她不會現身，我們若用真貨，又太冒險。」

「險值得冒。這案交由我負責，晶片檔案只是餌，放絲釣魚，請君入甕。我保證不會落入她的手裏。」阿Wing信心十足。

「你怎保證?」R不以為然，「施碧娃十居其九是個化名，此人是男是女、是老是幼，是黑是白，沒人知曉。她作案多年，從沒失手，我們手上的資料少之又少，難作針對性的部署。而且，隱形戰衣的晶片技術，非同小可，萬一有任何閃失，落入不法分子手上，後果嚴重。我有保留。」

「我有信心。做或不做，M，由你決定。」阿Wing定睛看着坐在主席位置的M。

「M，三思呀。」R也看着M。

一眾特工的目光都落在M身上。

眾人期待他一錘定音，M避無可避，好生為難，搔着頭，模棱兩可地說：「捉拿犯罪分子，我們責無旁貸；過分冒險急進，也是不應當的。大家從長計議，可行便做，行不通，便等下一次機會。」

「機會難逢。」梁賢指着文件，「施碧娃近年不常犯案，上次犯案距今差不多兩年。大概處於半退休狀態吧。這次她若成功，所得的酬金足夠蟄伏一段頗長的日子，下一次機會不知何年何月？」

「M，當機立斷。」阿Wing道。

「M，小心駛得萬年船。」R道。

M瞧一眼阿Wing，瞧一眼R，道：「這樣吧，阿Wing負責交易，R負責監視。」接着他一把扯着阿Wing的左耳，陰惻惻地説：「你千萬不要失手啊！不然，我割掉你的左耳。」

「喲……」阿Wing哇哇叫痛。

「我割掉你的右耳。」R扯着他的另一隻耳朵。

「我割掉你的鼻子。」阿漆湊過去。

「我挖掉你的左眼。」露絲也湊過去。

「我挖掉你的右眼。」高文不甘後人。

「你的舌頭留給我。」泰臣也分一杯羹。

「媽呀！你們真變態……」阿 Wing 嚇出一身冷汗，慌忙摸摸臉龐，幸而五官猶在，察看左右，一個人也沒有。他原來獨自躺在病牀上，剛從睡夢中驚醒。

3

「喂！喂！哥哥、趙莉，你們走慢一點，等我一下……」

在行人過路燈轉為「紅公仔」前，唸中三的周小明和趙莉急步衝過斑馬線，把唸中一的周小麗遺在斑馬線的另一邊。

「小明，稍等一會，」趙莉拉停周小明，「小麗還在後面。」

「她真麻煩，硬要跟着來，人矮腿短就要加密腳步，慢如蝸牛，真討厭！」周小明頻頻看手錶，「我們趕不及回圖書館當值啦！」

這學期，陽光中學大力推行課外閱讀，重新編排課節，把中一至中三級每天的首節課堂編為「晨讀」，開放校園，學生可自携課外書，或到學校圖書館借書，在校舍內任何一個角落無拘無束地閱讀四十分鐘，充分享受閱讀的樂趣。因此，老師安排周小明、趙莉等圖書館領袖生提早當值，應付朝早的「借書潮」。

「來啦來啦。我是圖書館見習領袖生，也不能遲到。」周小麗趁左右沒車，竟然「衝紅燈」。

「小麗！不能！」趙莉嚴詞責怪，「遲到不該，違反交通規則更不該。」

「我下次不敢了。」周小麗吐一下舌頭。

「別囉唆，時間無多，快。」周小明率先跑上斜路，誰料跑了十來步，不自覺地慢下來，最後停步，呆呆的站着，因為校門外停了很多車輛，其中一輛警車的車頂亮着黃藍閃燈，車前拉起封鎖線，警察示意行人和車輛遠離。封鎖線對面的行人道上聚集了不得校門而入的老師和同學。新聞媒體的採訪車陸續到場，平日只在電視熒幕上見到的記者，現在活生生的站在周小明面前，拿起咪高峰忙着報道。

周小明在人堆中找到圖書館主任張老師，便跑過去打聽：「Miss Cheung，警察為什麼封鎖學校？」

「警察說：我們的學校洩漏不明氣體，懷疑實驗室出了問題，所以封鎖調查。」

「我們今天豈不是放假？」周小麗睜大眼睛，喜形於色。

「可以這樣說。」張老師苦笑，「警方已知會教育局，教育局指示校方全面配合警方的行動。」

「可是，裏面的，不似警察。」趙莉指着在二樓、三樓走廊上走動的人。

「據說他們來自不同部門，包括消防處、食環署、衞生防護中心。」張老師托一下眼鏡，「詳情我不了解。」

「既然是實驗室出問題，他們為什麼跑進我們的圖書館？」周小明指着六樓，「還有，那個倚着欄杆的胖子，他除下防護面罩，不擔心危險嗎？」

「對呀，奇怪！」趙莉的眼神充滿疑問。

「政府人員做事都根據程序和指引，你們不要少見多怪。」張老師一再息事寧人。

周小明不再發問，他知道張老師一定阻止他繼續質疑，至於查明真相，更是難越雷池半步，所以他擺出一副事不關己的模樣，若無其事地退開。

「哥哥，你去哪裏？」周小麗問。

「不用上課，當然回家啦。」周小明大聲回答，故意讓張老師聽見。

「你不留下來看熱鬧？」周小麗追問。

「不了，洩漏的可能是有毒氣體，也可能隨風吹越封鎖線，留下來不安全。你們愛看就看吧，我沒興趣。」交代完畢，周小明穿過人堆，跑下斜路。

「有古怪……」趙莉太瞭解周小明了。

「對，有古怪。」周小麗點頭同意。

4

「你幹什麼？」梁賢一把將阿 Ken 扯離欄杆，推回室內，「樓下對街站滿圍觀者，你當眾除下面罩，等於默認洩漏不明氣體是謊話。」

「面罩很翳焗呢！我透透氣吧。」阿 Ken 狡辯。

「你要透氣，就到圍觀者看不見的地方，像高文躲進圖書館裏才脫面罩。」

「嘻嘻嘻……」身穿消防員制服的高文，在書架後面開懷大笑。

「那傢伙在搞什麼？」阿 Ken 走過去，「啊！你在看繪本，大家都忙得滿頭大汗，你躲在這裏開小差。」

「我沒開小差。USB 隨身碟的體積細小，款式又多，施碧娃可能隨手把它夾

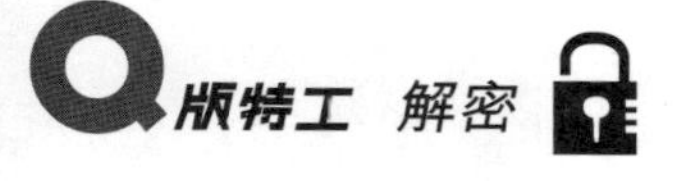

在其中一本書內，我逐本掀開檢查。」高文狡辯。

「諸多藉口。」梁賢奪過他的繪本，擺回書架上，「阿漆他們差不多搜完二樓，接着上三樓，你們快去幫忙。R稍後來到，若知道你們躲懶，她一定不高興。」

「那個刁婦，我才不怕她。」高文噘起嘴巴。

「啊！R，我們在搜索……」阿 Ken 瞧着門口，臉色驟變。

「對對對，我們在作地氈式搜查……」背向門口的高文慌得趴在地上，佯作忙碌搜查，不敢抬頭回望。

阿 Ken 和梁賢按着肚腹，忍俊不禁。

高文一愕，方知道中計。

「玩笑開完啦，幹活吧。」梁賢拾起面罩塞給阿 Ken，「踏出門口前，謹記戴上面罩。」

「肥 Ken！你膽敢戲弄我，在老虎頭上動土！」高文作個老虎跳，從地上彈起，掄起虎爪，作勢揍他，「我一定報仇。」

「別小器，今晚請你吃飯。」阿 Ken 戴上面罩。

「飯要吃，仇亦要報。我不會放過你。」

「儘管放馬過來。」阿 Ken 拍拍屁股，大搖大擺地走出圖書館，氣得高文暴跳如雷。

5

阿 Wing 換過衣服，離開治療室，趕到盤問室，在門外遇見R，趁左右沒人，上前把她一擁入懷，低聲道：「對不起，要妳擔心。」

R稍稍掙扎，就讓他緊緊抱住，伏在他的肩膀上，問：「我是誰？」

「咯……」後面的走廊傳來高跟鞋踏落地板的聲音，還飄來一種濃烈的香水氣味。

「Ada……」

「你找死，我不是 Ada。」R 推開他。

「我的意思是，Ada 正走過來。」

「哎喲，誰叫我呀？」Ada 花枝招展的在走廊轉角位出現。

「沒妳的事，快過路。」R 板起臉孔。

「是。」Ada 扁着嘴巴，急急跑開。

「你可以工作了？」R 正經八百地問。

「當然可以。」阿 Wing 認真地回答，「施碧娃的情況如何？」

「她被押回來後，一直緘默，不肯合作。另外，我今早封鎖陽光中學，阿漆他們都在那裏搜查，暫沒發現。」

「我來跟她談。」

「你試試吧。」R把一個通話耳機交給他，為他打開門鎖。

阿Wing戴上耳機，推門直入。南亞裔女孩坐在三角枱的右側，雙手被銬在枱上。阿Wing拉開椅子，在她的斜對面坐下。

南亞裔女孩瞄他一眼，首先開腔，稔熟地帶笑問：「復原了？」

「七七八八啦。」

「恭喜你立下大功，成功拘捕施碧娃。」

「施碧娃，老實説，妳今年幾歲？」

「三十八。」

阿Wing打量她那張看似十二歲的稚嫩臉孔，搖頭道：「不可能，不合理，難道妳八歲開始犯案嗎？」

「施碧娃只是一個名字，我是施碧娃，你也可以是施碧娃，你有興趣加入的話。」

「言下之意，妳背後有一個組織？」

「也稱不上組織，兩個人而已。第一代施碧娃在難民營中找到我，她也是個有缺陷的人，所以特別憐惜我，把我帶在身邊，訓練我成才，協助她辦事。五年前，她因病過世，我繼承她的衣鉢，成為第二代施碧娃。」她抖弄腕上的手銬，「內幕我透露了，放我走吧。」

「妳還沒交代那複製隱形戰衣晶片檔案的 USB 隨身碟的下落。」

「我只能說，不在我身上。至於原本那份檔案，是你給我的，你從何處得來，是偷是搶是借？我一無所知，因此，既然沒物證，你們欠缺法理依據把我扣押。」

「妳是國際刑警的通緝犯，妳從前所犯的案件罄竹難書，檔案疊起來比我還要高，不僅足以讓我們扣押妳，更足以送妳入監牢。」

「那些傷天害理的案件，都是第一代施碧娃幹的，我從沒殺人傷人，我只是偷東西，而那些物主沒一個跑去報案，有些甚至不敢承認是物主。沒原告，你們沒法立案。」

「妳剛才說過協助第一代施碧娃辦事，她殺人，妳就是幫兇。」

「我協助她所辦的事，是替她打理家頭細務，例如洗衫煮飯掃地。阿Wing，我們身處法治社會，一切都講求證據，你沒證據就要放人。」

「妳傷人，妳弄傷那公屋老婦，害她入院。」

「婆婆沒受傷，我只令她不舒服，以及出現一些疑似病徵，醫生很謹慎，安排她留院觀察一晚，說不定，今早已經出院了。」

「強詞奪理。」

「沒其他問題了？」

「當然還有，我要知道委託妳盜取隱形戰衣晶片技術的客戶資料。」

南亞裔女孩攤開手掌，聳聳肩，愛莫能助地說：「對不起，我沒法回答。今天科技發達，溝通毋須見面，交易毋須知道對方的身分，當我把客戶需要的檔案傳送到某個電子郵箱，酬金會自動匯入我的銀行戶口。」

「鬼話連篇！即使我現在釋放妳，妳沒晶片程式，一毫子也收不到，妳那客戶為求自保，下一步就是殺人滅口。」

「錢，我一定收到，信不信由你。至於命，我這條賤命是撿回來的，若非遇上施碧娃，十多年前早已死於難民營，如今活一天，賺一天。就算明天被人殺掉，算是死而無憾。不過，要殺我，先決條件是找到我，我雖沒隱形戰衣，但隱藏的本事，獨步天下。」

「還不是落在我們手上。」

「無可否認，你們——尤其你——是難得的對手。」

「阿 Wing……」R 透過耳機跟阿 Wing 通話，「她的口很密，看來，你不會問出什麼，阿漆那邊仍沒發現，我們不能無了期的封鎖學校。與其浪費時間，不如這樣，我們釋放她，再跟蹤她，她如此有信心收到酬金，昨晚一定把 USB 隨身碟藏在一處沒人發現的地方，她要錢，就會回去拿，到時，我們就來個人贓並獲。」

這趟，輪到R冒險了。

阿Wing指一下耳朵，跟南亞裔女孩說：「收到最新通知，我們要把妳移送國際刑警。」

「你放棄追查那份檔案的下落？」

「現在是國際刑警的責任了。」阿Wing一邊退出盤問室一邊劃清界線，「妳是個燙手山芋，我一見就頭痛，巴不得盡早把妳甩給國際刑警。」

「衷心感謝你的讚賞。」

門關上。

6

周小明知道背後有三雙眼睛盯住自己，因此表現出決意回家，他筆直的走下斜路，一路沒回望學校。

差不多走到分岔路，一羣中五年級的籃球隊學生從路旁的小徑走出來，他們得知學校今天停課，打算到公園球場打球。周小明認識其中一些人，便跑上前搭訕，他的身形矮小，走進一羣「巨人」之中，從學校正門看過去，他的身影頓時消失。

周小明胡亂搭訕幾句，隨即轉入小徑，在樹木遮掩之下，跑向學校禮堂後面的運動用品貯存室。貯存室旁邊有道小門，是通往垃圾站的捷徑，他知道校工福伯一向利用這條捷徑搬運垃圾，為了方便進出，福伯習慣虛掩小門。

周小明的個子較同齡的孩子矮小，人又瘦削，看起來，像個孱弱書生，去年從別校轉過來，初時有些頑皮的學生想欺負他，誰知他的身手如猴子一般靈活敏捷，性格如牛一般固執倔強，非但不好欺負，行事為人和學業成績更反過來令人佩服，一年不到，便獲選為領袖生。他凡事尋根問底，認為對的事，一定貫徹始終，不會放棄，本意雖好，方法有時略嫌過火，常令老師頭痛。

一如所料，小門沒上鎖，福伯昨晚可能沒鎖門，或者警察今早突然封鎖學校，他匆忙離開，忘了小門，總之，周小明輕易把門推開，探頭查看，視野範圍內不見一人。

正當他躡手躡腳的偷進校園之際——

「小明。」

「哥哥。」

周小明氣得七竅生煙，強忍不發作，轉身朝趙莉和小麗作一個「閉嘴」的手勢，低聲質問：「你們跟着我幹什麼？」

「你要做小偵探，怎能撇下我們？」趙莉低聲回應。

「你不預我們一份，我就去告訴張老師。」周小麗要脅他。

「來吧。」周小明無奈讓步，「你們要機靈一點，跟貼我，別連累我被人發現。」

「遵命。」

三人既緊張又小心的偷進校園。

趙莉刻意深呼吸幾口空氣，沒怪味，沒不適，與平常無異，漸漸把最初的擔心拋諸腦後。

周小明首先查探不明氣體的源頭——實驗室。他們沿着L形的戶外攀石牆走到實驗室所在的西翼校舍，發覺重門深鎖，內外空無一人。政府人員全都集中於主座校舍，特別是二樓和三樓，周小明於是改變目標，繞到主座校舍，從後樓梯靜靜登上二樓，矮身縮在窗下，偷看政府人員在課室裏工作，但見他們仔細檢查，任何微細的角落也不放過，還有個女子拿着一把特別的鎖匙，把學生貯物櫃逐一打開，剛巧打開屬於周小麗的貯物櫃，周小麗詫異非常，不覺失聲驚呼，幸虧周小明手急眼快，及時從後捂住妹妹的嘴巴，卻仍發出一聲低沉的「嗚」。剛拉開貯物櫃的女子聽見聲音，愣住了，回望窗外，嚇得三人立即低頭，伏在窗下，不敢妄動。

「你們聽見怪聲嗎？」女子問同僚。

「什麼怪聲？」一個男子回應。

「好像貓叫。」

「學校有貓並不出奇，專心工作吧。」

「那麼，各位，二樓已完成，我們上三樓吧。」女子朗聲道。

「完成……對，時間緊迫，還有好幾層，我們上三樓，走前樓梯，與泰臣會合。」

「是。」

周小明放開周小麗，轉身催促趙莉撤退，躲回後樓梯的轉角位置，一同貼牆靜立，豎起耳朵，細聽政府人員的腳步聲在走廊的另一端逐漸消失，才敢大力透氣。

周小麗情緒激動地說：「他們弄開我的貯物櫃，要偷我的東西啊！」

「妳一個中一小女生，有什麼東西值得大人偷？」周小明冷靜地分析。

「他們已上三樓。」趙莉指着走廊，眨眨眼睛，「我們進小麗的課室看個究竟。」

「好。」周小麗急不及待跑進課室，取鎖匙打開自己的貯物櫃。

「怎樣？少了什麼？」周小明問妹妹。

「不，是多了，多了一個誠實豆沙包。」周小麗從貯物櫃裏拿出一個豆沙包形狀的小飾物，用指頭戳一下，「我沒見過這東西，咦，它的質感跟真的豆沙包一模一樣。」

「讓我看看。」趙莉取過「豆沙包」，遞到鼻前嗅一嗅，「真的很像，就連氣味也像，仿真度極高。唏，等一等，這兒是硬的，啊！原來是隻 USB 隨身碟。」

「他們為什麼把它放進我的貯物櫃裏？磁碟裏裝載什麼檔案？」

「那邊有電腦。」周小明甩甩下巴，指一下教師桌上的電腦，「把磁碟插進去，有什麼陰謀，一清二楚了。」

「也好。」趙莉坐在教師桌前，開啟電腦的電源，電腦主機發出「嘰嘰」的操作聲音，待電腦完成啟動，她便把磁碟插進 USB 接口之內。

三人忐忑地盯着電腦屏幕。

大人的陰謀實非他們所能理解。

7

國際刑警派來兩男一女探員，接收施碧娃。

較為年長的男探員與阿 Wing 交換簽署文件後，女探員押着南亞裔女孩登上一輛七人車的後座，將她蒙眼、上銬，最後替她扣好安全帶。待那簽署文件的男探員也登上車，充當司機的另一男探員啟動引擎，平穩地把七人車駛離特工基地的地庫停車場。

一路上，三人不哼一聲，彼此沒交談，也沒告知南亞裔女孩目的地。南亞裔女孩摸摸手銬，型號是一般警用的 S&W M100，五秒鐘之內，她便可開鎖。不過，由於雙眼被蒙，不知身處何方，唯有暫且忍耐。車子駛駛停停，大約過了十五分鐘，從聲音分辨，他們駛經的路段，交通並不繁囂。

突然，司機大力響號、緊急煞車。一股巨大的衝力把乘客推向車頭，安全帶把南亞裔女孩勒得胸口作痛，她的本能反應是雙手抱頭，保護身體。不足一秒鐘後，車頭撞着巨大硬物，發出隆然巨響，七人車劇烈震盪，彷彿變成一個搖動的骰盅，車內的人像骰子一般上拋下搖。南亞裔女孩聽見車身陷折、玻璃碎裂、前座防撞氣袋彈開、旁邊的探員尖叫。

兩三秒鐘後，靜止下來。南亞裔女孩連忙扯開眼罩，果然是撞車，七人車與貨車相撞，前座兩人血流披面，身旁的女探員昏迷不醒。她鎮定地弄開手銬，車門變形，推不開，便攀出車窗，跳離七人車。她的腿昨晚受了刀傷，走路時一拐一拐的，路人上前協助她，她禮貌地說自己沒大礙，請對方協助車內的傷者，然後不動聲色地退開、退開，遙見相隔兩個街口的地鐵站標誌，便穿插於熱心的路人之間，朝地鐵站走去。

此時，路人的目光全被車禍吸引。她看中一個拿着手機攝錄車禍情況的青年，靠過去，不費吹灰之力從他的背囊裏扒走八達通卡，然後戴上運動服的帽兜，走下地鐵站，用八達通卡入閘，在荃灣線月台登上列車，坐在最末一節車廂的角落位置，瞥一眼車站地圖，離目的地還有好幾個車站，便垂下頭，假裝打瞌睡，避免面容被 CCTV 攝入鏡頭。然而，她的確有點累，乾脆閉目養神。

請勿靠近車門。

请不要靠近车门。

Please stand back from the train doors.

嘟嘟嘟嘟嘟嘟……

列車廣播重複又重複，對於一個疲倦的人，多少有點催眠作用。

隨着思緒飄浮，她憶起昨晚，好驚險……

當檔案完全開啟，陽光中學的網絡和電力忽然中斷，她意識到阿 Wing 隨時殺到，她被捕的可能性很高。被捕仍有機會越柙，但檔案被阿 Wing 奪回，再沒機會取得，她連忙複製檔案，另傳至 USB 隨身碟之內。

果然，學校門外傳來兩下煞車聲，趕到的汽車不止一輛。她自知已陷入包圍，難以脫身，於是留下筆記本電腦，把 USB 隨身碟藏在課室後方其中一個學生的貯物櫃內，空身而逃。雖然最終逃不脫，但 USB 隨身碟沒被發現，她滿有信心，檔案一定會傳到客戶指定的電子郵箱，完成交易。

下一站，葵興，右邊車門將會打開

下一站，葵兴，右边车门将会打开

Next station, Kwai Hing. Doors will open on the right.

南亞裔女孩張開綠色的眼睛。

8

救護車來得出奇的迅速。

救護員把三名車禍傷者抬上救護車，迅速卻不專業，沒包紮，沒止血，沒輸氧。

才關上車門，傷者都從輪牀上爬起，拿毛巾抹淨臉上血紅色的污迹。

救護車鳴響警笛，駛離現場。

現場附近停了一輛凍肉公司的密斗貨車，車斗內有乾坤，安裝了精密的流動指揮器材。阿 Wing 與R戴着耳機，坐在一列監察屏幕前面。屏幕擷取街上各個 CCTV 的影像，從不同角度追蹤南亞裔女孩。

「目標進入地鐵站。」尾隨跟蹤的兼職女特工透過無線電報告。

阿 Wing 對着咪高峰說：「北燕，小心跟蹤，目標人物非常機靈，別露出馬腳。」

「目標登上荃灣綫列車。放心，我是個普通師奶仔，沒人起疑。」

「開車，荃灣方向。」阿 Wing 拍拍司機。

密斗貨車開動。

「我提議釋放她，想不到你搞出這台大龍鳳。」R 拍拍阿 Wing，「M 看見開銷單據，一定氣得從椅上跳起。」

「戲要做全套，我若跟施碧娃說，我們沒足夠證據扣押妳，妳走吧！她會相信嗎？」

「荃灣方向，出乎意料。」R 沉吟，「她不折返陽光中學，跑去荃灣幹什麼？」

「鈴……」來電的是阿莫。

「說吧，阿莫。」阿 Wing 拿起手機接聽。

「我剛遭施碧娃扒竊，損失一張八達通，內有餘額 137 元，你要賠償我的損失。」

「這是公事，公事要公辦，你明天問 Ada 要一張 QKS952/REV18VIII 表格，清楚填寫各項細目，找主管核實簽署，再交給M，M簽署確認後，會計部同事在三個月內發支票給你。」

「阿 Wing……」

「什麼？」

「你想聽十八個字沒停頓沒標點沒助語詞的純廣東話粗口嗎？」

「我沒興趣，R在我旁邊，你說給她聽吧。」

「……」阿莫掛線。

「你借我欺負阿莫？」

「跟他開玩笑而已，我明天賠他一張新的八達通。」

「目標在葵興站下車。」北燕報告。

「繼續跟蹤。」阿 Wing 轉頭瞧R，R正瞧着他，兩人均感奇怪，南亞裔女孩越柙後，潛逃葵興，那兒有什麼地方供她落腳？

9

南亞裔女孩出閘後，離開地鐵站前，把扒回來的八達通扔進垃圾桶裏，乘扶手電梯直上地面，站在路邊，乖乖的遵守交通規則，等待行人過路燈號轉為「綠公仔」，才橫過斑馬線，沿着葵涌道向北拐腳獨行。剛巧一輛貨車從工業大廈駛出，整個車頭攔在行人路上，她被迫停步，貨車徐徐右轉，她在車尾位置繞過去，繼續前行。

「葵涌道兩旁全是工業大廈，裏面有工廠、迷你倉、汽車陳列室、速遞公司、廢紙回收、工人食堂……」阿 Wing 展開葵興地鐵站附近的電子地圖，「她要去哪兒？」

「目標右轉大連排道。」北燕繼續報告。

「右轉……大連排道……」R移動滑鼠，放大地圖，「呀，我想起來了，屏麗徑、屏富徑。」

「巴基斯坦村？」

「對，如沒猜錯，巴基斯坦村就是她在香港的落腳點。她真聰明。試想，她一個外表十二歲的女孩，獨自入住酒店、旅館，總惹人起疑。現在，混入守望相助、同聲同氣的同鄉聚居地，外人沒可能知道，不管我們的線眼佈置得如何周密和廣泛，巴基斯坦村始終是個盲點。她自詡隱藏的本事獨步天下，不是自吹自擂。」

南亞裔女孩的目的地果然是屏麗徑。

屏麗徑位於兩列樓宇之間，既是通道，也是休憩區，栽種了一些常綠植物，樹下設置長椅和石枱，幾個穿着長袍的巴基斯坦男人正坐在椅上聊天，其中一人看見她，馬上站起來，關切地問兩天沒見她去了哪裏。她以手語回答：她在元朗找到親戚，在親戚家裏住了兩天，現在回來收拾行李，搬到親戚家居住。那人興奮地轉告同鄉她終於找到親戚，大家都替她高興。

她帶笑感謝大家的關懷。

對面餐廳的老闆娘走出來，拉住她的手，問她餓不餓。她雖然有點餓，但急於離開，不想浪費時間吃東西，待要婉拒，不過，當老闆娘告訴她咖喱角新鮮出爐，她立即改變主意，以手語回答：餓極了。

10

「三位同學，你們如何跑進已封鎖的校園？你們似乎在課室裏找到特別的東西。」那個女的政府人員獨自折返，她沒戴面罩。

趙莉機警地把手中的「豆沙包」緊握作一團，周小麗急急躲到哥哥背後偷看，周小明硬着頭皮站上前，打算跟對方交涉，但一時想不到該說的話。三人唯有默不作聲，怔怔的瞧着那女子。

「你們別怕，我叫露絲，是執法人員。」露絲停步，坐在第一行的學生桌子上，與三人保持距離，不再給他們增加壓力，「我相信你們有所懷疑，才偷進來查個明白，你們真聰明，洩漏不明氣體並非事實，這是我們封鎖學校的藉口。」

「你們為什麼要封鎖學校？」周小明問。

「我可以坦白告訴你們。昨晚有個不法份子曾經躲進這間課室，那人被我的同僚拘捕前，把一件重要的證物收藏在學校某處，他不肯合作招供，我們便搜查學校，若讓你們正常上課，人多混亂，可能會破壞那件證物，我們唯有暫時封鎖陽光中學。妨礙你們學習，抱歉。」

「那東西很重要麼？」周小麗在哥哥背後露出半張臉。

「非常重要，關乎國際安全。」

「我想，那人把這東西收在小麗的貯物櫃櫃內。」趙莉張開手掌，「豆沙包」在她的掌心脹開，回復圓碌碌的可愛模樣。

11

南亞裔女孩用紙巾拭抹嘴唇上的油膩，咖喱餘香猶在齒頰之間，情味對於她是奢侈品，嚐過了，便要抽身，沉溺其間，沒好結果。她自知是個不祥人，命途多舛是常態，幸福安逸卻是反常。

回想難民營裏的日子，孤身弱女，無親無故，經常被人欺凌，每天活在恐懼徬徨之中，完全看不見出路，直至遇到施碧娃，把她帶離難民營，生命才有了保障。然而，施碧娃的訓練非常嚴格，要求又高，偶有犯錯，難免捱打捱罵，加上施碧娃的作為她多不認同，奈何寄人籬下，唯有逆來順受，咬緊牙關熬下去。後來，施碧娃離世，她才開始逐步走自己的路，過自己的生活。

然而，二十多年的痛苦經驗，苦難早已烙印在她的心坎，多疑多懼、沒安全感如影隨形般纏繞着她，揮之不去，已成病態。從前，她不理解什麼是安枕無憂，這一個多星期，住在香港的屏麗徑，她每晚都睡得很香。

遺憾的是，她不屬於這裏，這裏不是她的家，她這種人不能有家。

黯然地，她伸手按門鈴。

瑪塔阿姨應門。她以手語向瑪塔阿姨道歉兩天沒回來，又告知找到親戚，現在搬去親戚家裏。瑪塔阿姨撫着她的頭，為她高興，為她祝福，叮囑她保重身體，安頓好後有時間回來吃飯。她一一答應，再三感謝。

拿回行李箱後，她藉詞借用廁所，關上廁所門，踩上坐廁，以水箱作腳踏，掀起頭頂的鋁片假天花，摸着收藏在天花頂的防水尼龍袋，取下來，打開檢查，現金、五張信用卡、三本護照都齊全。她抽出五張千元紙幣，把尼龍袋摺好，收進衣袋裏，走出廁所，把錢交給瑪塔阿姨，以手語交代錢是親戚給的，用作感謝瑪塔阿姨對她的照顧。瑪塔阿姨推辭不受，她把錢放在茶几上，匆匆道別。

別過屏麗徑的同鄉，她在街口截停一輛的士，登車坐定，跟司機説：「落馬洲

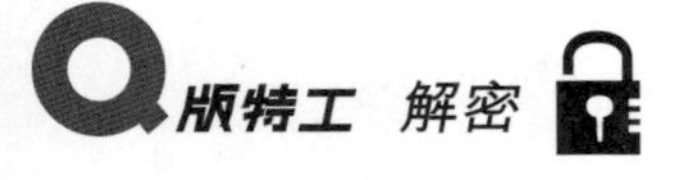

口岸。」

隱藏的士車廂的微型攝錄器把「落馬洲口岸」傳到阿 Wing 和R的耳機內，兩人不禁訝然。

阿 Wing 托着下巴，苦苦思量：「她要越境離開香港，不回陽光中學，她不要磁碟嗎？」

「難道她被國際刑警嚇怕了？急於逃亡？」R也百思不得其解，「但她的樣子非常鎮定。」

「她急於逃亡，寧願放棄磁碟，放棄交易，説不通，説不通。」阿 Wing 除下耳機，站起身，在狹窄的車斗內踱步，「她明明漏了口風，很有把握收到錢。」

「她收到錢，即是那軍火商收到檔案。昨晚在學校籃球場，我搜得非常徹底，她身上沒有磁碟。」

「磁碟一定藏在學校裏，她明知我們今早一定搜查學校，磁碟早晚被我們找到，即使我們找不到，這麼多學生，總會有人找到，到頭來，那軍火商終究得不到檔案。」

「等一下，如果你是學生，你找到磁碟會怎樣做？」

「交給老師，或者好奇的，插進電腦看看。」

「誰都會把磁碟插進電腦，看看裏面有些什麼檔案……」

「學校有WiFi，電腦都上線。我明白了！」阿Wing想通了，撲向工作枱，拾起手機，「我通知阿漆。」

R也想通了，拿起咪高峰，喊道：「立即拘捕施碧娃，別讓她逃離香港。」

12

「我復原了，但請不要恭賀我。我很矛盾。記憶空白時，感覺很徬徨、沒安全感，曾一度懷疑自己是個搶匪。現在記憶恢復了，當然慶幸自己是個正義的角色，另一方面，卻為感情而煩惱。醫生，三角關係，我真的不懂處理。」

「阿Wing，我不是精神科醫生。」嘉薰醫生把聽診器掛回頸上，「你可以穿回衣服。檢查完畢，你的身體正常。感情問題，不懂處理，就擱着吧，順其自然。既然真生選擇離開，R不再提起，你們又相處不錯，雖然有點拖泥帶水，但總勝過坦白卻沒法解決。」

阿Wing從病牀坐起，拿起掛在牀邊的恤衫穿上，問：「醫生，你老實告訴我，那天在機場的二十分鐘，真生與R到底談什麼？」

「你已經康復，請別假扮失憶，我不止一次告訴你，我當時離她們頗遠，聽不到她們的交談內容。」

「我記得你說過，只是……」

「只是以為我有所隱瞞？阿 Wing，你第一天認識我嗎？」

「對不起，這事，我感到混亂。」

「阿 Wing……」阿莫進來才敲門，「辦妥了。」

阿 Wing 剛扣好衣鈕。

「這東西還你。」阿莫把那隻「誠實豆沙包」放在嘉薰醫生的辦公桌上。

「等等，我也有東西還你。」阿 Wing 從褲袋裏摸出一張八達通，「北燕替你撿回的，我亦已替你增值。」

「在哪裏撿的？」

「別問，你知道了也改變不了，反正現在完整可用，它過往失落在哪裏，無謂斟酌。」阿 Wing 擔心，如實相告，阿莫會嫌垃圾桶骯髒。

「說的也是。」阿莫收下八達通，步離醫療室，「謝了。」

「阿 Wing，你說得很好。容我借用你的話，稍作優化。」嘉薰醫生坐下，架起腿，「聽着，別問她們的交談內容，你知道了也改變不了，反正你們現在的生活算是完整可過，過往的感情失落，無謂斟酌。」

「嘿嘿。」阿 Wing 笑了笑，「原來我是有口話人家，沒口話自己。」

「這也叫能醫不自醫。」嘉薰醫生揮一揮手上的聽診器，「再見。」

阿 Wing 拾起「誠實豆沙包」，別過嘉薰醫生，走向盤問室，途中遇見趕往洗手間的阿 Ken，不禁啞然失笑，指着阿 Ken 的臉，問：「快餐店的茄醬和芥末大贈送嗎？」

阿 Ken 沒閒暇也沒心情回答，狼狽地一逕衝進洗手間。

「叮咚——」阿 Wing 的 WhatsApp 羣組收到訊息，他邊走邊開啟，原來高文上載一段錄像，主角是挨坐沙發仰臉小睡的阿 Ken，有人拿着茄醬瓶和芥末瓶在他臉上塗畫紅圈和黃圈，半睡半醒的阿 Ken 覺得痕癢，閉着眼伸手搔抓臉頰，就弄成剛才衝進洗手間前的一場糊塗。

阿 Ken 與高文這對活寶，大家都拿他們沒辦法，阿 Wing 一笑置之，繼續前行，來到盤問室前，R、露絲和阿漆在等候，阿 Wing 接過阿漆遞上的手機和耳機，跟三人打個 Okay 手勢，便走進盤問室。

跟三小時前一樣，南亞裔女孩坐在相同的位置，所不同的，阿漆沒為她銬上手銬。

阿 Wing 戴上耳機，把手機和「誠實豆沙包」放在三角桌面，撥到她跟前。

「你們終於找到了。」南亞裔女孩無聲地拍掌。

「不僅找到，還替妳把檔案傳送到客戶的電子郵箱。」

「你別哄我開心。」她瞇起綠眼睛。

「我沒哄妳，手機是妳的，妳可以用它檢查銀行戶口，放心，我們不會偷看。」阿 Wing 退後，靠着盤問室的單向反光玻璃，兩手交疊抱胸，靜心等候。

南亞裔女孩將信將疑地拿起手機，按鍵，依次輸入網址、帳戶、密碼。數清楚數字後面的零，阿 Wing 所言不假，她的戶口的確多了一筆款項，數目正是完成任務的酬勞。

「沒錯吧？妳應多謝我，暫時替妳保住施碧娃便利屋的商譽。」

「你做過什麼？」施碧娃把手機丟在桌面，「打開天窗說亮話，不要兜圈子。」

「說來話長，敝組織有位電腦神童，他從前是個黑客，我後來招攬他入夥。關乎電腦與網絡，沒事情難倒他。他在妳的豆沙包裏找到一個隱閉程式，原來當有人把那 USB 隨身碟插進電腦，電腦即使沒上線，那程式也會自動連線，把檔案傳出。妳很聰明，把豆沙包藏在學校裏，不論學生或老師發現它，總會好奇把它插進電腦，看看裏面有什麼檔案，無形中，助妳一把。可惜，我們有位更聰明的電腦高手。」

「廢話，你們既然識破我的裝置，沒可能替我把檔案傳送出去。」

「我還沒說出重點，電腦神童在檔案裏加入很多 bugs，初步檢視，看不出的，所以妳的客戶收貨付錢，但當他進一步應用時，才發覺需要 debug，可是，千頭萬緒，無從入手。」

「你陷害我，分明借刀殺人。」

「妳害怕？奇了，妳說過，妳的隱藏本事獨步天下，沒人可以找到妳。」

「那人可以，他認識我。」

「換句話說，妳也認識他，妳果然說謊。如今他成為你的仇家了，為了自保，妳別無選擇，把他供出來，讓我們替你除去仇家。」

「武田吉剛。」她用雙手托着下巴，故意稍作停頓，瞧着單向反光玻璃，「你在另一邊的同事相信已查到武田吉剛 1996 年在中東被美軍擊斃。」

「武田吉剛是日本赤軍成員，1965 年出生於橫須賀。」露絲透過無線電耳機告訴阿 Wing，「1996 年他在中東死於美軍的清剿行動，死時三十歲。」

「日本赤軍，妳不要開玩笑了！」阿 Wing 大為不滿，「妳當我是傻子嗎？2000 年赤軍首領重信房子在大阪被捕，翌年在獄中寫下《日本赤軍解散宣言》，宣告解散赤軍，赤軍自此絕迹差不多二十年，妳現在把事情推到赤軍頭上，更是一個二十多年前逝世的赤軍，簡直荒謬！」

「信不信由你。」南亞裔女孩回復一貫的氣定神閒，「1969 年重信房子在巴勒斯坦成立赤軍，赤軍長期活躍於中東地區，在當地建立的網絡又廣又密。1996 年，美軍聯同中東的政府部隊圍剿赤軍，殺掉許多人，武田吉剛逃脫，美軍的資料出錯，武田吉剛將錯就錯，潛返日本，改名換姓。2001 年赤軍解散，餘黨仍在，武田吉剛秘密招聚這些人，合力經營走私軍火生意，又利用昔日與其他恐怖組織的聯繫，為各地的恐怖分子提供軍火，發了大財。」

「1996 年，妳只得幾歲大，怎知這些底蘊？」

「都是施碧娃告訴我的，她告訴我許多關於武田吉剛的事，也告訴他許多關於我的事。我相信兩人的關係曖昧。他一直委託她辦事，亦一直稱她作便利屋老闆娘。」

「好，我姑且相信妳。妳告訴我，武田吉剛現在的姓名、住址。」

「我不知，只知他目前身處日本、有幾個不同的身分和姓名，我只能透過經常轉換的電郵地址跟他聯絡。我二十一歲那年曾見過他兩次，之後再沒見面。」

「你們有買賣來往，竟沒見面？說謊！」

「我的工作很簡單，按客戶的要求辦事，事成收錢，毋須開會洽談、磋商業務。老實說，委託我的客戶、所辦的事，都不能曝光。另一方面，這副容貌令我自卑，所以，不單止武田吉剛，我誰都不想見。」

「那就聯絡武田吉剛，然後帶我去見他。」

「哈哈，你剛替我招惹殺身之禍，現在竟要我自投羅網，你打的是什麼算盤呀？」

「妳告訴武田吉剛檔案可以 debug，因妳惹上香港黑幫，為安全計，才在檔案加 bugs，現已擺脱黑幫，故能為他 debug。」

「我為什麼要帶你同行？施碧娃的作風，一向獨來獨往。」

「因為我是第三代施碧娃，妳快將退休，把我介紹給長期客戶認識。」

「我為什麼要退休？」

「因為妳的身體轉差，主要器官受高地人症候羣影響……」

「可惡！你拿我的病作藉口！」她旋即翻臉，跳離座位，俯身揪起木椅劈頭望阿 Wing 打過去。

「喝！」阿 Wing 不閃不避，紮穩四平大馬，氣運丹田，勁聚右臂，直拳沖出，「嘭」的擊碎木椅，大吼道：「不用你們插手，我來制服她！」

「休想！」南亞裔女孩雙手各握一根椅腳，直搠阿 Wing 胸膛。

阿Wing兩手上下一分，使出一式「高探馬」，於胸前盪開椅腳，雙掌同時發勁，把左上方的椅腳震飛，把右下方的椅腳震斷。南亞裔女孩給阿Wing的內力震得一對虎口又痛又麻，右手握着的半截椅腳幾乎脫手，她乾脆把椅腳甩出，擲向阿Wing面門。兩人相距甚近，椅腳驟然飛至，千鈞一髮之際，阿Wing往後一仰，椅腳擦鼻而過，「波」的把他身後的單向反光玻璃撞裂。阿Wing背部觸地之前，右腳踢出，把三角枱踢向南亞裔女孩，背部一觸地，即打個「蜈蚣彈」，彈離地板，左腳跨前，前弓後箭，左掌拍出，推壓枱邊，三角枱挾着一股勁風把南亞裔女孩逼到牆角。南亞裔女孩雙手抵住枱角，拚力對抗，奈何兩人力氣相差太遠，她使盡全身氣力，仍被阿Wing困在牆角，動彈不得。

「服了嗎？」

「以大欺小。」

「特工世界就是以大欺小，弱肉強食，適者生存，妳想生存，就要依我。」阿

Wing 催動掌力，枱角壓迫南亞裔女孩的胸口，她擋在身前的雙手開始麻痺，臉孔漲紅，呼吸越來越急促，始終脫不了身，唯有喘着氣地說：「依你，但，我有……兩個條件……」

「什麼條件？」阿 Wing 稍為減輕掌力。

「第一，只有你與我一起去日本找武田吉剛。第二，你的目標是武田吉剛，找到他，你要放我走。」

「你沒資格跟我討價還價。」

「在拾荒老婦的家，你欠我一命，現在你要還債。」

阿 Wing 一時口拙，無言反駁，只是定睛打量她，她亦不甘示弱，回敬一雙怒目。

兩人僵持不下。

「施碧娃，我們答應妳。」R 開啟廣播，「逮到武田吉剛後，阿 Wing 只會放妳一次，妳再落入我們手上，就依法辦事，互無拖欠。」

「一言為定。」南亞裔女孩輕蔑地嗤笑，「我們有機會再比試。」

「走着瞧吧。」阿Wing卸去掌力，慢慢離開三角枱，滿心感激R代他答應南亞裔女孩，不讓他有所虧欠，回頭朝單向反光玻璃輕輕點頭，玻璃表面雖然滿佈裂紋，但他相信R會看見的。

4 命途多舛

二十八歲，若身體健康、生長在小康之家，享受人生，無悔青春。然而，她的過去和現在都沒這種日子。可怕的是，她的價值觀受不正常的過去影響，扭曲至異於常人。

觀塘綫
Kwun Tong Line
調景嶺/黃埔
Tiu Keng Leng/Whampoa

1

車窗外面，天空澄淨，阿 Wing 想起一段鄭愁予的詩：

只是一窗之隔
青空，其實並未告示什麼
青，本來就是難以界說的色彩
是眉，在初畫的色彩
是髮樣，在垂髫的色彩
是血……在血管之中巡行的色彩

車廂之內，個多小時的車程，阿 Wing 和南亞裔女孩沒交談半句。阿 Wing 一面開車，一面想這想那；南亞裔女孩一面坐車，一面戴上耳機聽音樂。他們一直維持這狀況，一方面，兩人懷疑車廂內藏有監控裝置，因此採取無言策略；另一方面，兩人之間，話不投機半句多，同車上路各懷鬼胎，這一刻彼此目標一致，下一刻找到武田吉剛後，很可能倒戈相向，總之，各自盤算種種對策，以應對不可預知的變化。

此行，變化真的意想不到。

今早，兩人步出成田機場的接機大堂，還在推想武田吉剛以什麼方式跟他們聯繫，一個中年速遞員走到南亞裔女孩面前，鞠個躬，說聲「抱歉打擾」，遞上一個小包裹，請她簽收。阿 Wing 好奇問他：「你怎知她就是收件人？」他展示南亞裔女孩的照片，照片的背景是香港國際機場，在他們辦理登機手續時偷拍的。對手果然不簡單。

南亞裔女孩拆開包裹，典型日式包裝，紙多盒厚貨少，裏面只得一條車匙，鎖匙扣上寫着車牌號碼及泊車位置。

幾分鐘後，他們在停車場裏找到這輛 Toyota Spade，車身的顏色是搶眼的青檸色，阿 Wing 曲着指頭敲車頂，第一時間往壞處想，容易被人辨認、跟蹤。

南亞裔女孩雖然懂得駕車，又超過合法年齡，但為免沿途被警察截查，花唇舌解釋司機並非未成年少女，由阿 Wing 開車，她沒異議。

引擎啟動後，附在儀錶板上的 GPS 顯示目的地位置和行車路線，原來他們要前往位於舊輕井澤的日本基督教團輕井澤教會，路線是經「關越自動車道」接「上信越自動車道」，需時兩小時十五分，不近也不遠。

「他住在輕井澤？」阿 Wing 問。

「有此可能。」她答。

這是兩人登車後，唯一的對答。汽車是武田吉剛預備的，路線是他擬定的，車內有沒有竊聽、監視裝置？有的機會很大。為防言多有失，露出馬腳，兩人只說了一句廢話，在輕井澤見面，不等於武田吉剛住在那裏，不過，住在輕井澤並不出奇，他是個有錢人，享受優質生活天經地義，輕井澤素有小瑞士之稱，自日本明治時期，已是度假勝地，春天賞櫻，夏天避暑，秋天觀楓，冬天滑雪，武田吉剛不住這裏，難道躲在貧民窟嗎？

一路上，在分隔上下行車道的高速公路行駛，車流亦不多，行車本極其順暢，但當他們駛到下仁田鄉村俱樂部時，GPS 突然發出訊息，路線圖出現變化，指示司機經過高爾夫球場後，在道路交匯處左轉，駛進國道 254 號，後接國道 43 號，繞一段遠路，穿越御場山、日暮山、押立山之間的谷地駛往輕井澤，相較原來的車程，多了二十分鐘。

阿 Wing 與南亞裔女孩互望一眼，更加確定車內暗藏監控裝置，武田吉剛一路監視他們，為了某種原因，臨時改變他們的行車路線。

他們別無選擇，只得依從。

國道254號並非高速公路，路面較窄，雙線雙程，不時有大貨車迎面駛來，也許貨車的體積太大，也許司機太累，貨車大都過分貼近行車線，有些甚至越過行車線，巨大的車輪似要輾壓過來，阿Wing不得不減慢車速，小心駕駛，以免因交通意外耽誤行程。

公路兩側，多見樹木，少見民居，民居通常是一堆單層或雙層的木建房舍，連同幾間店鋪組成的小社區。有些房舍非常臨近公路，幾乎是一踏出門口，就是路肩，不知當初是公路建在屋旁，還是屋子建在路旁？這問題，掠過阿Wing的腦海，如同車子在屋前呼嘯而過，不會花時間停留考究。

五分鐘過後，他們在下仁田町觀光中心前面駛過，阿Wing準備在二千公尺後的分岔路轉右，開入國道43號，GPS再次毫無先兆的改變行車路線，指示他留在國道254號向西直駛，越過成田公園後轉入北行的國道141號，繞一段更遠的路，才折返輕井澤。根據這條最新的路線，原本兩小時十五分路程將變成三小時十五分，多花一個鐘頭。到底武田吉剛玩什麼把戲？

目前情況，無從質疑，唯有聽命，阿Wing一踏油門，筆直地越過分岔路口，繼續向西行駛，繼續唸鄭愁予的詩：

青，其實是距離的色彩
是草，在對岸的色彩
是山脈，在關外的色彩
一點點方言的距離，聽着，就因此而有些
鄉愁

「鄉愁……」南亞裔女孩不知何時除下耳機，聽他唸詩。

「妳記掛家鄉？」

「我要上廁所。」她答非所問。

「前面有個休息站。」阿 Wing 瞥一眼路牌標誌。

南亞裔女孩打開腰包，取出一枚銀色手鐲，戴在右腕之上，這是她與阿 Wing 的協議，當她離開他的視線範圍，便要套上這枚追蹤手鐲，待會阿 Wing 沒可能跟隨她進入女廁。

阿 Wing 把 Toyota Spade 開入休息站泊定，南亞裔女孩先下車，走進便利店。阿 Wing 留在車旁，提起左腿，擱在木欄上，做幾下舒鬆筋骨的壓腿，遠眺對面山坡上的雜木林。初秋時分，部分樹葉開始轉色，除了最基本的青色和綠色，還有紅色、黃色、金色、褐色，更有些許紫色，色彩繽紛，在和暖的陽光照射下，分外鮮艷清晰，賞心悅目。他接着把腿放下，兩腳齊肩踏穩，雙手叉腰，伸展肩膀，抬頭仰望青空，雲朵細小而稀薄，上空的氣流甚急，雲朵飄動的速度很快，令人聯想到三三兩兩的白綿羊在遼闊的青草地上追逐。

天氣清爽舒適，最宜郊遊，尤其到輕井澤。阿 Wing 當然沒這份閒情。南亞裔女孩進入便利店已久，他拿手機察看追蹤訊號，訊號顯示她仍在便利店裏，他於是走過去看看，順便喝杯咖啡提神。

五、六名女子在便利店的女廁門外排隊輪候，南亞裔女孩剛從女廁出來，排在前端的女子接着進去。日本人是最有耐性排隊的民族，總是安安分分、規規矩矩，不爭先恐後，不插隊搶位。南亞裔女孩抹乾雙手，在自助販賣機買了兩罐咖啡。

「這女孩有十二歲吧，個子嬌小，長得標緻可愛呢！」有人在她背後說。

「可愛什麼……」她咬着下唇，目光充滿怨懟。

「啊！不要！」阿 Wing 暗叫不好，快步上前，及時阻止她扔擲咖啡罐傷人。

「你別管我……」她恨恨地說。

「冷靜。」阿 Wing 扳住她的肩頭，「人家不是說妳，看——」

自動販賣機的另一邊，站着一個身穿校服的初中女生，瞪圓一雙水汪汪的卡通大眼，奇怪地看着阿 Wing 與南亞裔女孩互相拉扯，大概以為兩人在爭奪咖啡，但咖啡明明有兩罐相同的，根本不用爭。

南亞裔女孩慢慢冷靜下來，再看一眼那個稱讚初中女生的大嬸，明白大嬸不是說她，才肯放棄動粗。阿 Wing 感覺她的身體放鬆，才敢放手。她把其中一罐咖啡塞給他，便離開便利店。

阿 Wing 向大嬸和女生微微點頭，代南亞裔女孩的滋擾致歉。確定她們不怪罪後，扯開罐裝咖啡的拉環，喝一口，味道太甜，為健康着想，他放下這罐高血糖指數、低營養價值的飲料，改買樽裝烏龍茶，飲茶同樣提神。

阿 Wing 回到車上，南亞裔女孩已喝罷超甜的咖啡，心情依舊不好，她戴起耳機、閉上眼睛、閉上嘴巴，五官之中除了鼻孔仍然張開，其餘的全與外界隔絕。阿 Wing 也不搭話，默默地開車上路。

穿過陰暗的行車隧道，經過九曲十三彎的西上州，再穿過更陰暗的隧道，經過孝勇龜松之碑，經過荒船神社，經過神社石宮，Toyota Spade 終於跑畢一段闢建在荒郊野地的富崗路段，駛過與八之岳高原鐵路交匯的架空橋，再駛過橫跨河流的佐久大橋，在跡部交匯處左轉北上，進入國道 141 號，進一步邁向目的地。

國道 141 號兩旁盡是農地，栽種着各式菜蔬瓜果，包括著名的葡萄和蘋果，可惜有任務在身，要不然，阿 Wing 一定在果園下車，摘些新鮮的品嚐，還要買些果醬回去作手信，堵住高文的嘴巴。

順利通過佐久市，轉入國道 18 號，GPS 的路線一直沒變，大約十五公里後，便達舊輕井澤。

國道 18 號輕井澤方向是一段路狹彎多的上坡路，每逢駛過一個彎道，漫山遍野的雜色樹葉在擋風玻璃前面掠過，一片一簇的紅楓樹、褐樺木、黃銀杏、金梧桐、赤漆樹，像一羣巨人國的頑童在輕井澤打翻調色盤和顏料碟，把山坡點染成五顏六色。胡思亂想到巨人國，阿 Wing 禁不住偷看身旁的「高地人」，永遠十二歲的容貌和身形，是青春常駐的錯誤結果，難怪她如病態一般的介意別人談論她的外貌。二十八歲，若身體健康、生長在小康之家，該唸完大學，投身職場不久，儲了點旅費，相約投契的舊同學或新同事，揹起行囊，搭廉航，乘 JR 來輕井澤泡溫泉，享受人生，無悔青春。然而，坐在副駕駛座的南亞裔女孩，她的過去和現在都沒這種日子，在可見的將來，恐怕也沒有。可怕的是，她的價值觀受不正常的過去影響，扭曲至異於常人。阿 Wing 想到這裏，對她多添幾分同情。

「隆——隆——隆——」

聯群結隊的電單車從旁超越他們，有幾個好事的車手，在與 Toyota Spade 平排時，俯身窺視車廂，「咇——咇——」的呼兩下口哨，發出一陣浪笑。

他們調笑的對象當然不是阿 Wing，阿 Wing 擔心南亞裔女孩因此突然發飆，放下車窗，除下鞋子用來擲他們，幸好最終沒有。電單車隊逐漸去遠，她仍沒動靜。

阿 Wing 鬆一口氣。

剛拐過彎道，一輛大貨車從支路開出來，湊巧擋在 Toyota Spade 前面。大貨車的死氣喉大口大口的吐出烏黑廢氣。阿 Wing 登時眉頭大皺。

大貨車多半是超載兼且引擎老舊，慢吞吞的在斜路上攀爬，堵住 Toyota Spade 的去路。阿 Wing 迫於無奈，收油減速。

跟了一段路，大貨車實在太慢了，正常的司機一定超車，阿 Wing 當然不例外，駛到較直的路段，他轉檔加速，扭動軚盤，切入下行車道，就在此時，大羣電單車從上坡以高速衝下，前面的車手見阿 Wing 超車，響號示警。阿 Wing 估計車速、距離和時間，該足夠他在跟電單車隊相撞前，超越大貨車切回上行車道，於是繼續加油。豈料，在這關鍵時刻，大貨車司機同時加速，並貼近行車線行駛，意圖阻止阿 Wing 超車。阿 Wing 一怔，連忙響號提示對方讓路。可是，對方非但不相讓，更出奇的是，苟延殘喘的貨車引擎一下子變得馬力強勁，跟 Toyota Spade 並駕齊驅。

「那貨車司機幹什麼？」南亞裔女孩靠近車窗，側臉舉目，張望大貨車的駕駛座。

「可惡！」阿 Wing 重新評估形勢，勉強超車的後果，不外乎兩個，Toyota Spade 像保齡球般撞翻電單車隊，或者在切入上行車道時被大貨車攔腰撞翻。超車而已，不值得冒險，他唯有認輸，減速切返原來的行車位置，跟在大貨車的屁股後面，忍受臭屁一樣的廢氣。

電單車隊馳至，是幾分鐘前超越他們的同一隊，車手不滿地破口大罵，更紛紛向阿 Wing 作出粗口手勢。

阿 Wing 沉住氣，不跟他們作口舌之爭，然而，那幫人怒氣難消，在下坡彎角位置掉頭，追在 Toyota Spade 後面，來勢洶洶。

「都是不知死活的傢伙。」南亞裔女孩雙眼似要噴出綠火。

「不尋常……」阿 Wing 瞥一眼倒後鏡，「撩是鬥非的飛車黨、瘋狂霸道的貨車司機，同時出現，前後夾攻，或許不是偶然。這兩批人衝着我們而來。」

「兵來將擋，你怕麼？」

「蝦兵蟹將，我不放在眼內。」

「隆——隆——隆——」

第一輛電單車衝到，車手已手執一柄士巴拿，企圖敲碎 Toyota Spade 的尾門玻璃。阿 Wing 盯着倒後鏡，看準對方的來勢，驀地煞車急停。那車手不虞阿 Wing 有此一着，連人帶車「嘭」的撞在 Toyota Spade 的尾部，人仰馬翻。同一時間，前面的大貨車像失去動力一般，泰山壓頂似的溜後，只是兩、三秒之間，貨車尾部已觸碰 Toyota Spade 的防撞桿，勢將阿 Wing 和南亞裔女孩壓扁。

「啊呀！」南亞裔女孩打開車門，跳離車廂。

阿 Wing 仍未放棄，當機立斷，一轉後檔，猛踏油門，Toyota Spade 急速倒車，跟大貨車的距離稍為拉遠，他立即搓撥軚盤，四十五度角的把 Toyota Spade 退入下行車道。大貨車從旁擦過，阿 Wing 側臉向上看，訝然發現大貨車的駕駛座空無一人，貨車司機人間蒸發了？

大貨車愈溜愈急，「呼嘭呼嘭」的輾爛撞毀那堆電單車。車手早已棄車逃生。

現在，阿 Wing 可以肯定一點，他先前猜錯了，原來大貨車和電單車隊並非同一夥的。

失控的大貨車搖搖晃晃的在彎角位置衝上路肩，撞着斜坡，幾乎翻側，一對後輪擱在石壆之上，最終有驚無險的停了下來。

一眾電單車手怒氣沖沖地奔向貨車，要找貨車司機晦氣，但當他們拉開車門時，頓時錯愕，因為找不着司機。

阿 Wing 也不管他們，待要看看南亞裔女孩跳車時有沒有弄傷，可是，斜路上下左右，都不見她的影蹤。他慌忙拿起手機查看追蹤訊號，訊號竟在國道 18 號的前方快速移動。她在車上。她怎會在車上？什麼人把她接走？她不可能在跳車後截停一輛順風車載她一程。阿 Wing 細想一層，GPS 指示他走這條山路，遇上擋路的大貨車，都是早有預謀。問題是她被人接走還是擄走？

此時，GPS 屏幕不正常的閃動，然後自動關機。

這車完全在武田吉剛監控底下，不能再用。阿 Wing 回頭掃視，橫臥路上的電單車仍有兩、三輛看似完好無缺，他於是跳下 Toyota Spade，跑過去，扶起其中一輛，嘗試「打火」，引擎轟然啟動。阿 Wing 大喜，待要跨上電單車之際，背後響起高聲吆喝，急促而密雜的奔跑聲漸近，知道車手來襲，阿 Wing 也不回望，以腳步聲判斷敵人的方位，雙手一按電單車的手把，借力彈起，雙腳向後蹬踢，即中兩人，右手擰扭油門，左手控制離合器，電單車向前急衝，他順勢騎上前座，加大油門，在後面一片咒罵聲中，驅車絕塵而去，追趕南亞裔女孩。

南亞裔女孩在休息站套上追蹤手鐲，沒阿 Wing 口袋裏的特製鑰匙，她沒可能除下，除非她砍掉手腕。

訊號顯示，她乘坐一輛開往輕井澤的汽車。如果她是被接走的，他要追截她，把她逮捕。如果她是被擄走的，他更要把她救回。

這輛飛車黨的 Honda CBR1000RR 經過精細的改裝，阿 Wing 驅車衝上斜路，從馬力和扭力估計，車主至少為它更換了 Flat Slide 競賽級化油器、JMCA 排氣管、高拉力 520 鏈條、越野賽道專用的前後避震。以這電單車的強勁性能，加上阿 Wing 的飛車技術，趕上南亞裔女孩，易如反掌。

阿 Wing 不斷加速，不斷瞇眼檢視追蹤訊號，離目標愈來愈近。

車速高，迎頭風相對地變得強烈，吹在他沒頭盔和面罩的頭上、臉上，凜凜麻麻的，感覺很不舒服。

前面是個超過七十度的急彎，目標就在彎道後一百米左右。阿 Wing 拖慢車速，扭動手把，適當地調控油門和離合器，傾斜車身，開始入彎。迎頭風吹得他的衣衫颼颼鼓動。過彎時，車身的傾斜角度逐漸增加，以抵消離心力，達致平衡和穩定。人車合一，他的右膝幾乎擦地而行。順利出彎，他隨即拉正車身，加速飆衝，衝出直路，前面一百米處，一輛開篷吉普車在直路上飛馳，正是目標。

遙看吉普車，開車的是個男人，身形高大。副駕駛座上，依稀坐着一個矮小的乘客。追上前，瞧清楚，便知那人是否南亞裔女孩。阿 Wing 開足馬力，轉眼即將迎頭趕上，背後——

「嗚……」警笛鳴響。

看看側鏡，一輛警車閃燈鳴笛，指示阿 Wing 靠邊停車。

超速駕駛、駕駛非法改裝車輛、沒戴頭盔、傷人、搶車，條條都是刑事罪行，他百詞莫辯，一停車，便遭警察拘捕，眼巴巴看着吉普車逃脱，所以他不能停車，也不能讓警察干擾。

沒考慮的餘地，他用中指彈裂右側鏡，拈起一塊較大的碎片，扣在指間，稍為減速，讓警車駛近，忽地回身彈射玻璃碎片。

「波——」碎片插破警車的左前胎，輪胎爆破、洩氣。

警車隨即失控向右飄移，越過對面的行車道，「嘭」的把防護欄撞凹大片，反彈橫置馬路中央，不能再動。

干擾清除了，阿 Wing 集中精神追趕吉普車。

再拐過一個彎道，吉普車又出現眼前，出乎意料的是，它停在路邊，沒關引擎，車底的排氣管冒着白煙。

阿 Wing 減速謹慎靠近。南亞裔女孩果然坐在副駕駛座上，她舉起仍套着追蹤手鐲的右手，向阿 Wing 揚了一揚，樣子似笑非笑的。開吉普車的男人，阿 Wing 認得就是在成田機場送件的速遞員，看來貨車司機也是他，如沒猜錯，當貨車溜後時，他與她同時跳車，再乘坐早已預備的吉普車離開。

「你們玩什麼把戲？」阿 Wing 質問時，對着男人的正面，讓偽裝成衣鈕的鏡頭攝下他的容貌，再經手機網絡把影像傳送給露絲。

「阿 Wing，請息怒。」男人臉上的表情像一張撲克，沒變化，說話客套，但神態冷漠，「請上車，我們邊走邊說。」

「好。」阿 Wing 把電單車棄在路旁，躍上吉普車後座，試探地問：「你就是武田吉剛？」

「武田吉剛早就不在人世，在下奧田英明。」男人開車，「剛才發生的是一項測試，也包含一些意外，電單車黨和警察都是意外，不過增添測試的難度，我原本預備的跑車碰撞可以取消，讓我省回一輛跑車。」

「為什麼要測試我？」

「你是第三代便利屋老闆，我要了解你的能力，才決定是否延續我們的合作關係。這是長期客戶應有的權利。」

「那麼，測試滿意吧？」

「目前，言之尚早。你的能力很強，至於誠信，我仍有保留。」奧田英明單手拉開儲物格，取出一台 net-book，「這樣吧，你立刻替程式 debug，顯示你的誠信。」

「就在這裏？不能，我需要一台高速電腦。」

「到我的地方吧，我們不是相約在輕井澤見面嗎？現在就去。」奧田英明把 net-book 放回儲物格內。

「先小人，後君子，我事先聲明：第一，你懷疑我，同樣，我也懷疑你，目前我尚未確認你的身分。第二，我不是你的下屬或僱工，我們之間是對等交易，我倘若不爽，大可不賺你的錢，少做一單生意。」

「年輕人，你太不成熟了，交易之道，講求誠信，我們上一單交易仍未完成，你要向我負責，而我也要向我的客戶負責。你要明白，我們進行的並非一般商業貿易，出現糾紛可告上法庭，靠仲裁解決。在我們的圈子裏，出現糾紛，便訴諸武力。弄出人命，是我最不想看見的。」奧田英明不慍不火，「至於我的身分，第二代便利屋老闆娘可以證明，你不相信她嗎？」說罷，轉頭瞧一眼南亞裔女孩。

南亞裔女孩回頭跟阿 Wing 說：「奧田先生是我們的老主顧，一向合作愉快，你放心好了。」

「嗯哼。」阿 Wing 敷衍地回應。

「阿 Wing，不要誤會，我不是故意隱瞞你。」她鄭重解釋，「先前在休息站的洗手間，有個陌生女人突然跟我說：老闆要考驗妳的拍檔，請妳在 18 號公路離開 Toyota。我不懂她的意思，唯有記在心裏。後來你超車失敗，我的位置可看見貨車司機，發覺司機是那速遞員，即奧田先生，他向我展示『一分鐘後跳車』的紙牌，我便照他的指示做，讓你獨自接受考驗。」

「你倒用心良苦。」阿 Wing 半信半疑。

「你明白最好。對啦，我的手鐲太緊，有點不舒服，請你替我除下它吧。」

「到埗再說。」阿 Wing 繼續敷衍她。她想溜之大吉，沒那麼容易。

此時，阿 Wing 的手機震動，露絲傳來訊息，他偷看一眼，面容識別結果是「64% Match」。實乃意料之內，武田吉剛最後的在世記錄在 1996 年，相隔二十多年，歲月催人，容貌變化，在所難免，期間他可能做過整容手術，64% 符合不能作準，南亞裔女孩的「誠信」更不能作準，阿 Wing 要找辦法確定這個奧田英明的身分。

露絲再傳來訊息：「奧田英明，五十六歲，大阪市出生，商人，2005 年成立物流公司，無犯罪紀錄。」

阿 Wing 讀過訊息，一併刪除。他心裏有數，雖然年齡、籍貫都脗合，但仍不足以證實奧田英明就是武田吉剛。萬一奧田英明不是武田吉剛，只是他的手下，阿 Wing 現在拘捕奧田英明，只會嚇跑武田吉剛。

說着，想着，三人已抵達輕井澤火車站，吉普車拐彎轉左，開往舊輕井澤，經過商店街，遊人較多，奧田英明改以慢速行駛。街口有兩間相連的水果店，又圓又大又紅的信州蘋果擺放在店前當眼之處，教人垂涎欲滴，水果的價錢與說明都是日文，唯獨「不准觸摸水果」以中文簡體字寫成。阿 Wing 為同胞汗顏，不敢多看，別過臉去觀看另一邊的街景，沿路都是售賣紀念品的小店，也有咖啡室和餐廳，規模都不大。一輛速遞公司的輕型貨車停在餐廳門外，閃亮「死火燈」，司機兼速遞員拿着包裹跑進餐廳。去路受阻，奧田英明把吉普車停在貨車後面。

「奧田先生，你的同行。」阿 Wing 語帶諷刺。

「我從前的確當過速遞員，也當過貨車司機。」奧田英明並不介懷。

對面的行車道沒車駛來，奧田英明把車開過去，繞過貨車繼續前行。雪糕攤檔、花店之後，便是輕井澤教會，奧田英明沒打算停車，直駛而過。

「到教會了……」南亞裔女孩指着教會建築物。

「教會是我們相約見面的地點，我們既已同在車上，就毋須在教會停留。」奧田英明向站在教會門外的長者揮手，「那位是牧師。」

「為什麼約在教會見面？可有特別原因？」阿Wing回頭也向老牧師揮手。

老牧師向他們鞠躬致意，樣子和藹可親。

「原因嗎？或許，因為進入教會的都是罪人，說真的，我如在輕井澤，每星期日都到教會聽道，風雨不改。」

「罪人進入教會的下一步是認罪悔改，你有嗎？」

「倒沒有，因此我仍是個罪人。」

吉普車穿出商店街，沿着上坡路蜿蜒而駛。道路漸陡漸窄，房舍變得疏落，大都是傍山而建的豪華別墅。

「你看來以罪為榮。」阿Wing借題發揮，「你們在七十年代、八十年代干犯滔天大罪，舉世震驚。」

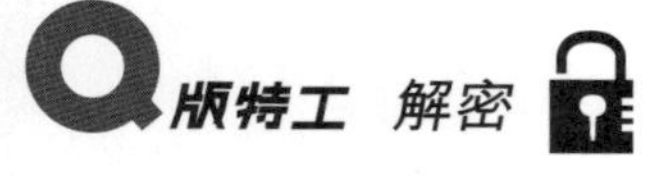

「都是塵封舊事。」奥田英明輕輕帶過，撥動軚盤，把車開入一條單程車路。輪胎輾過路面的碎石，碎石彈起，打在車底發出幾聲「軋軋」。

「什麼大罪？我在難民營長大，沒受過正式教育，見識淺陋，對昔日的世界大事所知甚少。」南亞裔女孩似乎明白阿 Wing 的意圖，插口幫忙確認奥田英明的身分。

「不足掛齒。」奥田英明避而不談。

「都是國際大案呢！例如，1972 年在特拉維夫機場亂槍掃射，一百人死傷；1973 年在杜拜騎劫並炸毀日航客機；1974 年在荷蘭海牙攻擊法國大使館；1986 年在印尼用火箭炮襲擊日本大使館；1988 年在義大利用汽車炸彈攻擊美軍。」阿 Wing 不讓他迴避。

「那些都是前輩同志的轟烈大行動，我只是一個小嘍囉，沒份參與。」

「小行動呢？總會有的。」南亞裔女孩表現得蠻有興趣，繼續試探，因為阿

Wing 確認奧田英明就是武田吉剛後，就要履行諾言，放她離去。

「到舍下了，我們下車再談。」

奧田英明把吉普車停在一幢白色的別墅前面。

四周古木參天，烏鴉在樹梢葉底聒噪，只聞其聲，不見其影，別墅隱藏樹海之間，平添一份神秘。

在屋旁清除野草的園丁放下工具，跑過來，垂首肅立鵝卵石小徑旁邊，等待主人和客人下車。阿 Wing 奇怪，這人虎背熊腰，嘴角緊閉，神情嚴肅，好像隨時隨地處於備戰狀態，一看就知並非等閒之輩，怎會甘心當一個園丁？

再看別墅，屬於傳統的英式建築，樓高兩層，長而寬的屋宇，橫向的木窗，陡斜的屋頂，寬敞的陽台，外牆、窗櫺、廊柱、門框上的圖案，盡是精雕細琢，看得出，建築物歷史悠久，但翻新保養一點都不馬虎，依然保持英式別墅的雍容、舒適和瑰麗。

奧田英明與阿 Wing 相繼下車，南亞裔女孩仍賴在車上，喊道：「阿 Wing，你忘了一件事。」

阿 Wing 隨奧田英明踏上鵝卵石小徑，回頭問：「什麼事？」

南亞裔女孩瞧着正門簷廊外面的拱形花架，跟阿 Wing 說：「手鐲不舒服，我單手除不掉，請你幫忙。」

阿 Wing 瞥一眼那花架，才明白她的意思，花架只是裝飾，架上的攀緣植物遮蓋着偵測儀器，便轉身回到車旁，以背部阻擋奧田英明和園丁的視線，拿鑰匙替她打開追蹤手鐲，拉開手鐲的環扣，停止發放追蹤訊號，變回一枚普通的飾物。

「勞駕了。」南亞裔女孩把手鐲還給阿 Wing，輕鬆自在地跳下吉普車，走在阿 Wing 跟前，輪到她以身體遮擋他拔掉襟前的鈕扣型鏡頭，拋落泥地，再踩一腳，把它陷埋泥土裏。

一名年輕女僕捧着一個銀碟，踏着碎步從屋內走到花架前，立正鞠躬，含笑地說：「歡迎，請進。」

幾隻灰鴿在屋前的泥地啄食，發出咕咕、咕咕的叫聲。

奧田英明首先穿過花架，花架頂部亮起閃燈。灰鴿拍翼飛走，女僕站着不動。奧田英明從她的銀碟上取了一塊毛巾抹手，走到簷廊下等候阿 Wing 和南亞裔女孩。

車路那邊，園丁把吉普車開走，大概泊進屋後的車庫。

「我沒武器，但有金屬和電子產品，可以通過嗎？」阿 Wing 問。

「請把物件放在我的銀碟上。」

阿 Wing 取了碟上的兩塊毛巾，把其中一塊遞給南亞裔女孩，再把手機、手錶、鑰匙、錢包、硬幣、USB 磁碟，連同那隻手鐲，統統放在空碟上，然後在偵測儀器底下走過。

閃燈沒亮。

奧田英明滿意地點頭。

南亞裔女孩也順利過關。

「桃子，沏茶，預備點心。」奧田英明吩咐。

「係。」女僕把物品還給兩人，匆匆跑開。

「請兩位進客廳稍坐片刻。」奧田英明領兩人在玄關前沿脱鞋，換上客人用的拖鞋，才進入屋內。

阿 Wing 慶幸今天穿的襪子沒破洞。

別墅內外格調一致，客廳是懷舊的英式設計，仍以白色為基底，配合良好的採光，以及淡色、淺色的牆布，瀰漫着潔白雅致的氣韻。傢俱都是英式古典風格，配襯天花的瑰麗水晶吊燈、牆上的名貴油畫、腳下的波斯地氈，雅致之中不失奢華，反映屋主的矛盾性格，既想低調的「禾稈冚珍珠」，又想炫耀財富。

女僕勤快地端來熱茶、糕點，得體地説：「旅途跋涉，客人辛苦了，請賞面，多吃一些茶點。」

「坐，過來這邊坐，我們先吃些點心。」奧田英明坐在餐桌的主人座位。

阿 Wing 邊走邊打量屋內裝潢，在桃木陳設架上無意中發現一本紅色封面的小書，詫異地說：「這本是中國的毛語錄呢！」

「沒錯，這冊是 1967 年印製的初版，極具收藏價值。二次大戰以後，在日本的青年思潮中，美國象徵帝國主義，是侵略和罪惡，中國則象徵革命，毛主席是全世界革命青年的導師。」奧田英明重重點頭，「那些年，前輩都受中國的文化大革命影響，崇拜毛主席。」

「所以，赤軍的赤，靈感來自紅衛兵的紅。」阿 Wing 表現得漫不經心。

「昔日，前輩建立赤軍，在命名時，確有這樣的考量。」奧田英明拿起一件和菓子，「當時大家都認為，推翻日本皇室，唯一的辦法是革命，搞革命就要採用武力。」

「革命不是請客吃飯。」

「這句毛語錄，當年我最喜歡。」奧田英明豪邁地張大嘴巴，把和菓子一口吃掉。

「現在呢？」阿 Wing 拿起同一款和菓子，小口淺嚐，除了花香濃郁、糖分過高，不覺特別可口。

「現在嘛……」奧田英明邊嚼邊說：「不管白貓黑貓，捉到老鼠的就是好貓。」

「這句是鄧小平說的。」

「畢竟時代不同了，現在講改革開放賺大錢。」奧田英明拿起茶杯，瞄瞄阿 Wing 放下的大半件和菓子，「怎樣？點心不合胃口？」

「太甜了，吃不慣。」

「小點不合客人的口味，過意不去。」桃子深深鞠躬。

「我要去洗手間，恕我暫時失陪。」一直默不作聲的南亞裔女孩，看準機會開腔，「阿 Wing，你慢慢跟奧田先生談生意吧。」

阿 Wing 明白她的暗示，她功成身退，他可以動手。

「桃子，帶老闆娘往洗手間。」

「係。」

「老闆娘，待妳回來，吃完茶點，我帶兩位去一處特別的地方。」

「什麼地方？」阿 Wing 問。

「我的工廠和研究室。第一代老闆娘曾經去過兩趟，如今，妳卸任，你接任，施碧娃便利屋第二、三代繼承人有緣光臨，我應該帶兩位參觀，展示我這個長期客戶的友好。況且，那兒有你需要的高速電腦。我的研究團隊也在那兒，程式完成 debug，他們立即開工。」

「原來奧田先生不僅做物流生意，還有生產線。機會難得，我們要大開眼界了。」阿Wing拍拍南亞裔女孩的肩頭，「妳速去速回。」他心裏想，把奧田英明的老巢一併連根拔除，這個難得的機會，豈能錯過呢？

南亞裔女孩雖不情不願，但仍答允。

「對啦，阿Wing，就我所知，第一代便利屋老闆娘在難民營找到這女孩，把她培養為接班人。」奧田英明看着南亞裔女孩的背影，呷一口茶，「我好奇，她如何找到你作接班人？」

「我以為你們在吉普車上已談過這事。」

「幾分鐘你便追上來，我們根本沒機會詳談。」

「唔，我跟她不打不相識。我是個特工，有一晚我逮到她……」

「咳……」奧田英明給茶嗆着了，臉色驟變，這驚嚇的消息來得太突然，他的樸克臉也露出破綻。

「那晚，我們談了很久，最後我決定接手經營你所謂的便利屋。」

「為什麼有這樣戲劇性的轉變？」奧田英明的情緒緩和下來，恢復喜怒不形於色的狀態。

「在地理學上，引致人口遷移的理論，有推力與拉力之說。我套用這個理論說明我的轉變。先說推力，敝機構的領導者是個志大才疏的庸才，此人辦事沒方向，經常朝令夕改，昨天叫下屬用 Plan A，今天改用 Plan B，明天又用回 Plan A 甚或 Plan C，令人無所適從，做事白費工夫。本來，我在機構裏一向我行我素，領導者是龍是蟲，我不在意。」阿 Wing 深諳假中有真的謊言容易令人相信，「或許我沒拍馬屁，或許他忌才，總之他就是針對我。我能幹，他抓不到我的工作缺失，便以莫須有的理由攔阻我晉升，反而擢升一批能力比我低、資歷比我淺的後輩。我不是一定要升職，但遭到那混蛋不公平的針對，就不服氣。這是推力。」

「官官相護，投訴沒用。官家機構就是這樣，人事複雜，弊病叢生，影響士氣，勞而無功，最終一事無成，浪費公帑。」

「奧田先生一語中的。」

「那麼，拉力呢？」

「工作不遂意，我當然萌生去意，渴望自立門戶。我負責追查施碧娃，熟讀有關檔案，打從心底裏羨慕她，她沒上司下屬，自由挑選工作，我行我素，賺夠了休息，休息夠了再幹。這正是我夢寐以求的工作模式。當南亞裔女孩告訴我，她的身體狀況欠佳，早有退意，我忽然靈機一觸，提出由我接手。她考慮一會，同意與我合作，把生意讓給我，總勝過被我捉進牢獄。因此，我就成為第三代繼承人。」

「特工變罪犯，不可思議。」

「有何不可？第一，我可賺更多錢，又不必再受閒氣。第二，我熟悉特工組織的運作，跟他們作對，穩操勝券。第三，我還要主動跟他們過不去，擊敗他們，令我的舊上司丟臉。哈哈，想起也興奮。」

「由兵變賊，豈不是忘記初衷、背棄原則？」

「特工是不講原則的人，反間諜、雙重間諜、三重間諜，我見得多了。而且，你不是說過，這個世代講求賺大錢嗎？我順時而生，是你的同道中人。」

「阿 Wing，你的改變太離奇了。我是個穩健派，不敢毫無保留地相信你的一面之詞。」

「我要騙你，大可說自己是什麼獨行大盜，你有本事核實嗎？」阿 Wing 站起身，「你不相信我，不打緊，除了浪費時間，我沒損失。告辭了。」

「慢着，我有個折衷辦法。」南亞裔女孩回到客廳，「剛才我聽到你們部分對話。」

年輕女僕如影隨形的跟着回來。

「什麼辦法？」阿 Wing 重新坐下。

「為表誠意，我提議阿 Wing 先把 debug 用的程式交給奧田先生，我相信奧田先生的研究人員懂得使用，待隱形戰衣的軟件問題解決了，你們撇除成見，再坐下來，商談日後合作的事。」

「我不反對。」奧田英明道。

「奧田先生已付足貨銀，為軟件 debug 算是我們的售後服務。阿 Wing，施碧娃的信譽一向良好，你新接手，不要砸破自己的金漆招牌哩。」

一下子被她逼到牆角，阿 Wing 瞧着南亞裔女孩，摸不準她的立場，她到底站在哪一方？

2

與阿 Wing 身處的英式別墅相距大約五公里之處，他的特工隊友R、露絲、阿漆、梁賢等已齊集輕井澤火車站旁的 Prince Outlet，隨時支援阿 Wing。

「怎麼不見阿 Ken？」阿漆左看右看，「剛才他還在附近，轉眼就不見人影。」

「大概上廁所吧，懶人多屎尿。」梁賢戴上 RayBan 太陽眼鏡。

「別管他了，大家過來看一下……」露絲平放 iPad，「我一直追蹤阿 Wing 的手機訊號，目前他大概在山腰這個位置。」

「我們上山吧。」阿漆道。

「年輕人，給點耐性。」梁賢搭着阿漆的肩頭，「阿 Wing 再三叮囑，為免打草驚蛇，我們要跟他保持距離，收到他的訊號才可行動，你忘了嗎？」

「梁 Sir 說得有道理。」R談完電話，走到露絲身旁，「我剛跟日本警方聯絡，在18號公路被人搶去電單車的車主完成疑犯拼圖，那搶車賊正是阿Wing。按照時序，他搶車後不久，便傳送奧田英明的照片給露絲，可見他已成功接近目標人物，我們要信任他，不能輕舉妄動，以免影響他的工作。」

「對，我們不知山上的情況，不小心暴露行蹤，反為誤事。」露絲放大地圖，研究地形環境。

「那麼，我們唯有乾等吧，但留在這裏無所事事……」

「這裏有好多美食，怎會無所事事？」阿Ken歸隊了，捧着大包小包的外賣紙袋，「有串燒、和牛、壽司、天婦羅、薄餅，那邊還有紅酒試飲。」

「天呀！我們不是來度假的。」露絲兩眼反白，幾乎氣絕。

「我們不是來度假，但要假扮度假。」阿Ken反駁，「尤其是兩位女士，來到Outlet不購物，實在太礙眼了。假若武田吉剛安排線眼在這裏監視可疑人物，兩位早就成為監視目標。」

「這趟給你說得通。」梁賢取了一包燒和牛，坐在草坪旁、陽傘下的餐桌前，「有沒有買啤酒？」

「啊！忘了，我這就去賣，別把食物吃光呀！」阿 Ken 放下外賣紙袋，匆匆跑向 food court。

「那家服裝店七折減價，」阿漆輕輕碰一下露絲，「過去逛逛。」

「R，有興趣嗎？」露絲回望R。

「你們去吧。」R取過露絲的 iPad，「我等阿 Wing 的消息，你們不要跑太遠。」

「哦，回頭見。」

露絲與阿漆走進服裝店，融入 outlet 文化。

「R，過來吃些東西，放鬆一些，妳下飛機後，緊張得滴水不沾，不是辦法。」梁賢拍拍身旁的椅子，「妳要養精蓄鋭，保持最佳狀態支援阿 Wing。看，這裏空氣清新，風和日麗，我們應隨遇而安，偷得浮生半日閒。」

「說的也是。」R走過去，深深呼吸，把 iPad 放在餐桌上，打開外賣紙袋，選了一塊肥美的拖羅壽司，咬了一口。

就在此時，iPad 屏幕上，標示阿 Wing 手機位置所在的藍點變成紅色，不停閃動。

5 援兵未到

通訊不靈，援兵未到，現在R是支援阿Wing的唯一希望，所以她不能氣餒。她把手槍插回腰間，深深吸氣，打起精神，邁開腳步。

1

在縣道33號上，梁賢駕着Yamaha YZF-R1電單車，一馬當先，穿越舊輕井澤，向北奔馳。由於他沿途不斷響號示警，致使其他汽車紛紛退讓，路人不敢踏出馬路，正好驅除「障礙物」，為尾隨的Suzuki Vitara四驅車開路。

在四驅車內，阿漆專心駕駛，爭分奪秒，露絲捧着iPad鎖定阿Wing手機訊號的最後位置，R與阿Ken坐在後座車廂，R開啟note-book的視像軟件，聯絡香港的阿莫，阿Ken檢查武器裝備，不忘偷吃零食。

各人都戴上通訊耳機，保持溝通。

「梁Sir，走左邊的白絲高地公路。」露絲展開電子地圖。

「白絲？」梁賢在岔路轉左，「是那道瀑布嗎？」

「沒錯，訊號就在白絲瀑布附近。」

「阿莫，你也鎖定阿 Wing 的手機訊號的最後位置嗎？」R問。

「鎖定了。」

「可有偵測到新發的訊號？」

「再沒新的訊號，可能手機被帶進通訊盲區，也可能手機被拆散了。」

「請用衛星掃描訊號所在的位置。」

「稍等片刻。」

「有影像就馬上傳過來。」

「有影像了，請看。」

「嘩！樹海一片，枝葉密密麻麻，只見樹冠，不見樹幹，人在樹下走動，怎看得見？」阿 Ken 靠近，觀看R的 note-book 畫面。

「衛星垂直拍攝，角度限制難以解決。」阿莫的語氣帶點無奈，「山林野地又沒 CCTV 網絡可供擷取。」

「還是儘快趕到現場，隨機應變。」阿漆準備轉換車檔、加大油門，可是山路狹小，前面的路段更是單程路，此時彎道位置迎面轉出一輛由草津開來的二號巴士，梁賢稍為「收油」，駛上路肩，在巴士與山坡之間的僅餘空位一衝而過。相較電單車，四驅車的車身龐大得多，阿漆被迫在單程路段之前貼近路肩停車，讓巴士先行。

然而，巴士司機非常謹慎，生怕撞凹擦花四驅車，極其小心，緩慢地逐寸移動。

長長的巴士慢如蝸牛似的在四驅車旁駛過，R等人坐在車上心急如焚，唯盼梁賢及時趕到白絲瀑布，支援阿Wing。梁賢加入特工組織前是個「老差骨」，辦案經驗豐富，又是警隊的神槍手，此刻，大家都對他寄予厚望。

大約經過漫長的三十秒，巴士完全駛過，不過，巴士後面還有一輛運送牛奶的貨車，四驅車仍不能開動。

「梁 Sir，請報告位置。」R心急地問。

「我已到達瀑布觀光點的泊車區。訊號在瀑布上方，我沿山路跑上去，尋找阿Wing。再聯絡。」

「小心。」

牛奶貨車駛過，阿漆急不及待開出單程路，雖不能踏盡油門，但已是客觀環境限制下的最高速度，像參加山路賽車一般，風馳電掣的開往白絲瀑布。

「梁 Sir，找到阿 Wing 沒有？」R追問。

「他不是飛毛腿，年紀又大，從泊車區到瀑布有一段山路，這時間他大概跑了一半路程吧。」阿 Ken 恍如喃喃自語，回應R不理性的焦急，他理直卻不敢氣壯。

「梁 Sir，報告位置。」

「……」無線電通訊沒回應，只有雜音。

「在山上，通訊可能接收不清。」露絲嘗試解釋，「阿莫不是提及通訊盲區嗎？」

「前面就是了。」阿漆減速，「梁 Sir 的 Yamaha 泊在左邊。」

「停車，讓我們先下車。」R 推開車門。

阿漆靠邊草草停車，R、露絲和阿 Ken 急急跳離車廂，望通往白絲瀑布的石級跑去。

潺潺溪水在石級旁的水道順流而下。

石級盡處傳來嘩啦水聲。

遊人絡繹於途，既有拾級而上，亦有信步而下，都是悠然閒逸、神態輕鬆，一點都不像這兩女一男「急先鋒」。

「喲，你們急什麼？」一個險些被 R 撞着的大媽扶着欄杆問。

「不好意思。」跑在最後的阿 Ken 代為道歉。

「他們急於看瀑布吧？」同行的大叔打趣道。

「瀑布縱然好看，也不用如此心急。」另一個大媽奇怪道。

「我只怕他們愈急愈失望。」先前的大媽搖頭道。

「何以見得?」阿 Ken 停步搭訕。

「那瀑布落差小、水量少，不壯也不闊，不宏也不偉，什麼人間美景，名大於實，完全給咱們的黃果樹大瀑布比下去。」

「説的也是。」旁人紛紛點頭。

R不理會、不停步、不耽延，搶先跑到瀑布觀光點，一如大媽所説，白絲瀑布並不壯觀：高度僅三公尺，幅寬七十公尺，呈馬蹄形。據官方數算，瀑布由逾百條細小水流組成，流水在瀑布下匯聚成潭。遊人或佇足潭畔背對瀑布，或靠傍「白絲之瀧」木牌，拍照留念後，便前往下一個景點，不會逗留太久，因此遊人雖多，卻不擠迫，R很快可以肯定阿 Wing 和梁賢都不在這裏。

「梁 Sir，請答話。」R再呼喚。

無線電通訊仍沒回應。

不祥之感在R的心底悵然而生。

流水自山崖急瀉而下，沖撞潭水，在潭面泛起白沫，激起水花飛濺，水花在空中化作稀薄的霧氣，不斷向外飄散，四周的空氣濕濕濡濡，髮梢上、皮膚上感到涼颼颼，在潭畔站了一會，霧氣在R和露絲的髮端凝聚了幾點冷澀的水滴。

「手機訊號最後的位置在瀑布上方的山林。」露絲比對實際地貌與i-pad上的訊號標示。

「我們覓路上去。」R審視周遭。

「那邊有條……小徑……」阿Ken氣喘喘的趕到。

「走。」R跑上小徑。

小徑由厚泥和碎石鋪成，是條崎嶇不平的斜道，徑旁雖有粗糙的木欄供遊人靠扶，但一點都不好走。到瀑布景點遊覽的人，「點」到即止，拍照「打卡」後，都循原路回程，攀上小徑繼續尋幽探秘的絕無僅有。

「阿 Ken，快走。」露絲回頭喊道。

「哦，來啦。」阿 Ken 滿口答應，兩腿卻是舉步維艱。

R與露絲不等他，兩人一先一後，抓着木欄，攀到瀑布上方，再踏石涉水，跨越一道淺溪，走過五十公尺雜草蔓生的平緩野地，來到一座茂林之前。

「就在裏面。」露絲指着樹林。

「小心一點。」R拔槍戒備。

露絲認定目標方向，開步入林，壓低嗓子問：「阿 Wing……你在哪裏……」

樹高葉密層層疊疊，阻擋日照，光線不足，R低頭從戰術背心裏找出電筒。

「R……」阿漆剛躍過淺溪。

「你來了。」R轉身，「你獨自跑上來，阿 Ken 呢？」

「阿 Ken？我泊好車後，一路追趕你們，沿路沒看見他。」

「奇了，在瀑布下的水潭邊，他仍跟在我們後面，路只得一條，他沒理由走失的。」

「我還以為你們分頭搜索。」阿漆跑到R跟前，左右張望，「露絲在哪裏？」

「她就在前面，不是嗎？咦……」R回望身後，心頭一凜，十秒鐘前露絲所站的位置，現在空無一人，她以為林間陰暗，看不清楚，舉起電筒四下照射，的確沒人，不禁喊道：「露絲！妳在哪裏？露絲！」

「露絲！」阿漆上前取過R的電筒，跑進林內。

「留神呀。」R快步追在他的身後，互相掩護。

「這裏……」阿漆在一株野漆樹下找到一部手機，兩人認得手機是阿Wing的。明顯地，敵人佈下陷阱，利用阿Wing的手機訊號，讓他們追蹤到來，逐一伏擊。

「敵人很狡猾。」R頓感心驚肉跳，同僚相繼失蹤，她一籌莫展，抑鬱的情緒開始打擊她的信心，尤其露絲幾乎在她的眼前消失，她感到無比沮喪，而阿 Wing 的下落不明，更使她擔憂得像大禍臨頭一般。

「這麼短時間，敵人不可能帶走露絲，她一定在附近。」阿漆拿電筒到處照射，然而，敵暗我明，他與R正處於下風。

R極力保持鎮定，經驗與訓練讓她明白，臨陣緊張於事無補，處境愈凶險，她愈要鎮定，壓下抑鬱，淡化情緒，拋開阿 Wing，全心應付不知數目和實力的敵人，她才有勝算。

她調整呼吸後，蹲下，仔細檢查雜草和泥土，很快發現兩組足迹腳印，一組通往樹林深處，另一組反方向穿出樹林，兩相比較，進入樹林那組乃新近遺留。

她站起，以手勢向阿漆示意，深入樹林追蹤。阿漆點頭同意。她取出 SureFire 槍燈，套在槍管下方。他左手拿着電筒，右手扣握飛刀，居先開路。

她與阿漆相距三個身位，偏右殿後。他們只得兩人，已沒隊形可言，唯有步步為營，瞻前顧後，彼此照應，希望在短時間內尋回露絲。

愈深入樹林野草長得愈高，有些地方草長及膝，不過足迹也愈加明顯，踩彎踏斷的草尖、軟泥上的鞋印，新鮮而清晰；然而，這些追蹤線索，是敵人故佈疑陣還是匆忙遺下？阿漆與R都不能確定。

愈深入樹林，樹木愈見粗壯，有些樹幹三人或四人手拖手也不能合圍，高聳的樹冠直插天空，陽光經過枝葉的篩隔，從枝隙葉罅之間透進林裏，餘光變得萎靡殘弱，周遭昏昏暗暗，山氣愈來愈濃，涼意也愈來愈重。烏鴉在陰森的高處突如其來的發出淒厲的啼叫，阿漆打個寒顫，R渾身不安。

烏鴉叫了一陣，從後面的樹頂飛到前方，擦斷一片樹葉，斷葉打轉飄墜。

「樹上有隻大烏鴉。」阿漆停步，凝立不動，側耳細聽「烏鴉」的落腳點。

R凝神戒備。

「烏鴉變成猴子了。」阿漆沉吟，他乾脆關掉電筒，以聽覺鎖定「猴子」的方位。

聲音暴露行蹤，「猴子」正沿着一株樹幹爬下。到底是哪株樹呢？阿漆仍不肯定。

「猴子」愈爬愈低，R也隱約聽見「牠」擦碰乾裂樹皮的微細聲音，聲音的確跟雀鳥擦過樹枝的有所不同。

「沓……」左側樹下的長草被踏彎，「猴子」着陸了。

「颼——」阿漆毫不猶豫，飛刀陡然出手。

「卜——」刀尖插進樹幹，刀柄「霍霍」震動。

R舉起手槍，阿漆開亮電筒，在槍管的SureFire槍燈和電筒照射下，飛刀反射冷森森的寒光，中刀的大樹後面，傳出落荒而逃的狼狽，卻不見人影。

「猴子變成狐狸了。」阿漆走近大樹。

「刀上有血，對方受傷。咦？」R按低阿漆的手臂，「你把電筒挪開。」

電筒光線離開樹幹，只剩 SureFire 槍燈的光線，像變魔術一般，刀尖下竟多了一塊玄色的衣料。

「妳挪開槍燈。」阿漆舉起電筒照射同一位置，沒有槍燈的光線，衣料的顏色變成跟樹幹的相同。

「他們已有隱形戰衣。」阿漆道。

「但，並不盡善盡美，看來只在陰暗環境，以及特定光譜底下才有效，所以他們要取得軍方的晶片程式，加以改良。」

「SureFire 槍燈是 LED，所發的光譜只得紅、綠、藍。電筒用是白熾燈泡，具七種顏色，分別就在這裏。」

「剛才在露絲失蹤的位置，我還沒套上槍燈，你說得對，時間這麼短促，敵人不可能帶走露絲……」R還沒說完，已轉身跑回樹林入口。

「露絲！」阿漆一想不錯，隨後奔上，唯恐遲了回去，露絲或真的被帶走。

兩人趕回發現手機的位置，R拿SureFire槍燈照射四周，不出所料，在不遠處的草堆之間發現一塊巨大的玄色布，隆然凸起，布下顯然蓋着一人。阿漆快步過去，抽出飛刀，插着其中一隻布角向外掀扯，布下散發濃郁花香，露絲果然躺在地上，一動不動。花香怪異，中人欲醉，R和阿漆心知不妙，雖急於察看露絲的傷勢，但仍不敢靠近，退開一旁，焦急地等待香氣散逸。

「不用擔心，她的臉色紅潤，沒表面傷痕。」R掩着口鼻説道。

「差不多了。」阿漆閉氣屏息，俯身檢查露絲，只覺她的心跳紊亂、呼吸微弱。

「露絲……露絲……」R上前搖她的肩頭。

毫無反應。

「似是中毒，短時間內令她不省人事，毒性很猛。」阿漆憂心忡忡。

「要儘快送她進醫院。阿漆，為今之計，我們要分頭行動，我留在山上繼續搜索，露絲交給你。」

「只得妳一人冒險……」

「露絲需要急救，阿Wing等也要尋回，都是刻不容緩。我不夠氣力抱露絲落山，只能留下。你下到泊車區，聯絡日本國際刑警的木村先生，要求支援。」

「好，我一把露絲送上救護車，馬上回來接應妳。保重！」

「保重！」R與阿漆擁抱一下，拍拍對方的背，互相鼓勵，像生離死別一般。

平日R待人總是築起一道無形的籬笆，不會如此親切，但此時此地，男友失蹤、隊友失陷、露絲中毒，前一刻與阿漆並肩禦敵，下一刻將要孤身作戰，前路凶險，還有沒有機會與阿漆再見，自己也沒信心。已經走到這一步，她不能退縮，這一刻她坦然放開懷抱，從容面對不可知的危險，反而有助她消弭壓力、排遣抑鬱。她完全豁出去，跟自己說：「死就死吧」，一咬牙，便轉身折返樹林深處，追蹤那受傷的「狐狸」。

2

隻身重入樹林，R感到一陣莫名的孤獨，孤獨激發她的鬥志，全身裏裏外外進入作戰狀態，冷硬如冰、敏銳如風。雖則急於尋找阿Wing，但她沒輕率冒進，因不知「狐狸」有沒有同黨，說不定還有更多的躲在林間，伏擊追兵。不過，洞悉對方的隱身伎倆，如何應付，她已有把握，總之一發現敵蹤，她就迎頭痛擊。

很快，回到「狐狸」受傷的樹旁，飛刀與玄色布仍在。樹後，腳印、血迹、被踏扁的長草，相當明顯，看來「狐狸」負傷逃跑，甚是倉皇。

R從樹幹拔出飛刀，取下玄色布，拿在手裏，只覺布料特別，纖維裏混含少量金屬，整體質感輕軟纖薄，再看布料的尺寸大小，該是一塊蒙面布。

「原來是日本忍者，怪不得善於飛躍、攀爬……」R冷笑一下，把飛刀和玄色布收進戰術背心內。

「忍者又如何？不過是血肉之軀，中刀受傷，中槍喪命。」她繼續向前走，仗着LED槍燈照射，忍者無所遁形，「不怕死，就放馬過來，我先給你吃子彈，我的槍法自問不弱。」

她不斷為自己打氣，也不斷提醒自己，不能鬆懈，露絲如何被擒還想得通，但如果阿Ken也被擒，她就百思不得其解。在潭畔，眾目睽睽之下，敵人沒可能公然施襲，再用玄色布把肥胖的阿Ken包裹、抬走，這樣做，一定引起遊人注意，亦瞞不過隨後跑經潭畔的阿漆，所以，阿Ken的失陷是個謎。

至於失去聯絡的梁賢，他的戰鬥力較阿Ken和露絲強勁得多，敵人要制服梁賢並不容易，若果梁賢也失手，敵人的實力就不容小覷。

R一路追蹤，先稍微上坡，再下坡，又上坡。樹木高聳直立，樹幹顏色陰沉，樹冠枝葉繁茂，雜草和蕨類植物在陽光照射不到的樹腳肆意蔓生，都為爭取昏暗的光線而不斷拓展生長空間。

走着、想着，R越過樹林最陰暗、最寂靜的區域。未幾，亮白的陽光從前方透進，雀鳥在陽光下的枝頭跳躍、啼叫，乾爽的山風從林外滲進，地上斷斷續續出現「小路」，都是前人重複又重複踏足相同的位置，日積月累的把泥地踐平踩實，弄至寸草不生，就成了路。

最後，R穿出樹林，來到一條柏油車路前面。

路旁的草地曾被汽車大幅壓扁，路面殘留輪胎的泥濘遺痕，顯然，不久前有汽車在此停泊，然後開走。

「狐狸」的逃亡蹤迹亦到此為止，再沒腳印或血迹。

「狐狸」乘車逃走？若然，她沒交通工具，如何追蹤下去？

「阿漆……梁Sir……阿莫……」她逐一呼喚特工同僚。

「……」無線電通訊依舊死寂。

通訊不靈，援兵未到，現在她是支援阿Wing的唯一希望，所以她不能氣餒。

她拆下槍燈，把手槍插回腰間，深深吸氣，打起精神，邁開腳步，跟着泥濘胎痕，沿着下坡車路，繼續追蹤。如果路上遇見遊人，她就是一個普通的遠足者；如果給她找到「狐狸」及其黨羽，她就是一個強硬的執法者。

然而，泥濘胎痕正逐漸減少，拐了一個彎道後，路面再沒一塊泥巴，那可疑車輛駛了一段路，輪胎上的泥巴完全甩掉。R頓覺一籌莫展，不得不停下來，思考下一步該如何走。

就在R失去方向之際，做夢也沒想到，南亞裔女孩從稍遠處的一排樹葉開始變黃的楓樹後面鬼鬼祟祟地竄出，她一面走一面回望背後的白色別墅，她的身體語言告訴R，她從別墅偷走出來，正擔心被裏面的人發現。

R於是快步上前攔住她的去路。

南亞裔女孩乍見R，卻沒太大的驚愕，只是埋怨：「你們真的來了。你們不守信用，我錯信你們，被你們害慘了。」一邊說邊把R拉到樹後。

「別説廢話，阿 Wing 在哪裏？」

「咦，妳竟不知阿 Wing 在哪裏？妳不是接應他的嗎？」南亞裔女孩這才驚訝，「怪了，武田吉剛派出兩個忍者分頭追截阿 Wing，結果受傷而回，一人中刀，一人中槍，都説有人接應阿 Wing。武田吉剛大怒，還想遷怒於我，幸虧我溜得快。」

「原來阿 Wing 逃脱了，真好……」

此時，隆隆車響從別墅傳出。

南亞裔女孩機警地拉着R，一同矮身橫越車路，跨過路肩，跳下石壆，躲進草叢裏。

車聲漸近。

R撥開草尖偷看，但見一輛開篷吉普車由別墅駛來，她認得開車的中年男人就是阿 Wing 在 18 號公路偷拍的奧田英明。車上還載着一男一女，三人神色緊張，似要從速離開，趕往別處。

R從戰術背心袋裏摸出一枚袖珍磁力追蹤器，待吉普車駛過面前，她把追蹤器擲出，貼在車底。由於路面凹凸不平，又多細砂碎石，車上的人渾然不覺車底曾傳出一聲微細的異響。

吉普車拐過急彎，朝山下駛去。

南亞裔女孩和R爬回路面。

「身分曝光，武田吉剛捲席逃遁。」南亞裔女孩拍淨身上的泥塵。

「妳的意思——奧田英明就是武田吉剛？」

「對，他親口向阿 Wing 承認。」

「到底發生什麼事？快説。」

「大約半小時前……」南亞裔女孩邊走邊説，「在別墅裏，武田吉剛軟硬兼施，迫使阿 Wing 交出 debug 程式……」

阿 Wing 退到玄關，取出一隻 USB 磁碟，橫奧田英明一眼，瞪着南亞裔女孩道：「說得好，做生意要講口齒。程式就在這裏，不過，妳曾告訴我，與我們交易的人，叫武田吉剛，付錢的是武田吉剛，收貨的是武田吉剛。現在這人自稱奧田英明，我把程式交給他，於理不合。」

「他確有道理。」南亞裔女孩瞧着奧田英明，滿臉愛莫能助，「他沒見過武田吉剛，今天才首次跟你會面，究竟你是武田還是奧田，就憑你一句話。」

「妳知道我是誰，妳跟他說吧。」

「跳車以後，他已不信任我。」

「我不習慣強人所難，告辭了。」阿 Wing 不待奧田英明回答，穿回鞋子，進一步向他施壓，「謝謝你的茶點。」

「嘿嘿，你吃過茶點，還想走出這個門口？未免太小覷主人家了。」奧田英明的食指輕輕一動，園丁和女僕立即晃到門口，擋住阿 Wing 的去路，兩人身法很快，一看就知是武術行家。

「次郎與桃子都是甲賀派忍者，次郎精通劍術，桃子擅長落毒，你剛才很小心，只拿跟我所吃的同一款糕點，且小吃一口，但那一小口，足以令你中毒，而我吃了整件和菓子，安然無恙，因預先服下解藥。」

「中毒……」阿 Wing 經他一提，不知是否心理作用，始覺輕微的氣促頭暈、手腳發麻。

「你大可放心，解藥在桃子身上，只要你交出磁碟，桃子立即為你解毒。」

「奧田先生，你用毒，太過分了。」南亞裔女孩慶幸沒碰糕點，「你這樣做，只會損害我們的合作關係，阿 Wing 這人受軟不受硬，你暗算他，他不服氣。」

「我從沒害他的心，落毒只為買個保險，好，阿 Wing，我要你心服口服，我就是武田吉剛。」

「證明。」阿 Wing 扶着門框，頭暈加劇，不是心理作用。

「你真固執。」武田吉剛拿他沒辦法，「桃子，把照片拿來。」

「係。」女僕踩着碎步跑開，動作嬌滴滴的，沒半點武者風範。

武田吉剛回頭向園丁打個眼色。

園丁雙腿不動，身子卻如鬼魅般飄移，迅速貼近阿 Wing，左臂暴長，攫取阿 Wing 右手上的 USB 磁碟。當他的指尖觸及磁碟，阿 Wing 的指頭一鬆，磁碟掉下，他抓了個空，磁碟將要觸地，阿 Wing 右腳向上挑踢，把磁碟踢向左手，園丁探手去搶，阿 Wing 右掌下壓，撥開園丁的手，園丁反掌成爪，要擒拿阿 Wing 的右腕，阿 Wing 屈腕撮指，勾成「鶴嘴」，避過園丁的擒拿，再反擊他的手背，「卜」的在他的合谷穴重啄一記，園丁吃痛，急急躍開，同一時間，USB 磁碟飛向阿 Wing 的左手，阿 Wing 待要接住，驀地人影閃動，女僕從旁飄出，把一張照片塞進阿 Wing 的左手，再奪去磁碟。

三人過招，轉瞬之間，已分勝負。阿 Wing 贏了園丁一招，卻輸給女僕半式。

「你中毒頭暈，精神不集中，才被我有機可乘，非戰之罪。」女僕把 USB 磁碟交給武田吉剛。

「這是當年首領與我的合照，拍攝地點是巴勒斯坦的大本營。」武田吉剛拿着 USB 磁碟走到書桌前，把它插進電腦。

阿 Wing 看那舊照片，黑白的，紙質發黃，沖曬年代久遠，背面用黑色墨水筆寫着「重信房子與武田吉剛，1987」。阿 Wing 認得照片中的重信房子，樣子跟檔案資料的相同，至於年輕的武田吉剛，跟年長的奧田英明輪廓相像。最重要的憑證是，照片中的武田吉剛沒穿上衣，露出胸前的夜叉紋身。

「桃子，給他解藥吧。」奧田英明這時站起身，解開衣鈕，顯露胸前的夜叉紋身，青面獠牙，跟照片的一模一樣。

「係。」女僕插手入袋。

「且慢！」

女僕凝住。

「這磁碟……」

阿 Wing 自知露出馬腳，縱身躍出大門。

「快追，你們快把他捉回來，可惡！」武田吉剛暴跳如雷。

「奧田，不，武田先生，有什麼不妥？」

「妳不知道？妳跟他同一夥的。」武田吉剛大怒，面目猙獰如夜叉，把 USB 磁碟從電腦拔出，扔落南亞裔女孩腳前，「磁碟是空的。」

「我不知道這磁碟沒程式，也不知阿 Wing 那傢伙打什麼主意……」

「妳給我安安份份的坐在這裏，待他們把阿 Wing 捉拿回來，我一併制裁你們……」

南亞裔女孩説到這裏，停住腳步，瞧着R，以責備的口胳説：「我跟你們合作，可是，你們的秘密行徑沒一件告訴我。」

「妳我立場不同，合作是權宜之計，我不信任妳是人之常情。」R斬釘截鐵，言之成理。

「理解。」南亞裔女孩無從反駁，默然瞅着前面的公路。

説着、走着，兩人已回到白絲高原公路旁，一輛從輕井澤開往草津的二號巴士在她們身前駛過。

就在此時，R的無線通訊耳機傳來阿漆的呼喚。

「R，聽見嗎？」

「聽見，請説。」R原來已走出通訊受干擾的盲區。

「我在舊輕井澤，剛與木村刑警會合，也把露絲送上救護車，木村刑警已知會醫院，院方正預備各種解毒劑。」

「露絲也中毒？」阿 Wing 的聲音插入通訊之中。

「阿 Wing！」R與阿漆同時大叫。

「我剛才遇到一點小麻煩，現在沒事了，害大家擔心，抱歉。」阿 Wing 的語調輕鬆。

「他中毒呢！幸虧我和梁 Sir 從旁守護，他才可安心運功把毒逼出體外。」阿 Ken 也在通訊中插口，「我們還打跑一個忍者……」

「大家靜一靜，見面後才交代前事，目前我們需處理更要緊的事。不久前我把一枚追蹤器貼在武田吉剛的車底，阿莫，收到追蹤訊號嗎？」R問。

「收到。容我打岔一句，再次聽見你們的聲音，真好。Okay，我把追蹤訊號轉給各位。」

「我收到訊號了，他的車正朝舊輕井澤駛來。」阿漆語帶興奮，「武田吉剛就交給我和木村刑警吧。」

「阿漆，武田吉剛身邊有個女僕打扮的忍者，擅長用毒，如果露絲中毒與她有關，她身上的解藥可解救露絲。」阿 Wing 有點喘氣，「我與阿 Ken、梁 Sir 已離開白絲瀑布，跑去取車。R，留在路旁，我們開車過來接妳，一同下山拘捕武田吉剛。」

「你們放心好了，木村刑警帶來一隊特警，我們在人數上佔絕對優勢，武田吉剛逃不掉的。啊！我看見那輛吉普車，要動手了，暫停通話。」

阿漆雙手各抽出一柄飛刀，踏出馬路中央。

木村刑警指揮部下就位：有人封鎖路口，不許人車接近；有人指示兩旁的店舖關門落閘，顧客需留在店內，不許靠近窗戶。日本人的服從性很強，除了部分外地旅客，大家都願意合作，頃刻之間，清空馬路。

吉普車駛近商店街，武田吉剛察覺不妥已經太遲。阿漆飛刀出手，「啪」的命中擋風玻璃，玻璃破碎彈飛，車上的人滿身碎玻璃。武田吉剛右手控制軚盤，抬起左手擋住頭臉，被迫減速，卻不停車。

阿漆提起左膝，擺個「金雞獨立」架勢，右手高舉飛刀，左手指着吉普車的駕駛座，明確地作出最後警告，若不停車，下一刀的目標就是司機。

武田吉剛投鼠忌器，把車煞停。

「又是你！」坐在副駕駛座的女僕認得飛刀，冤家路窄，她不禁撫摸貼在臉上的紗布，又驚又怒。後座的園丁臉如土灰，他的右肩紮着繃帶，受傷不輕。

雖已窮途末路，但武田吉剛決不束手就擒。他馬上轉換車檔，退車逃走，冷不提防，路旁的特警拋出一束三角釘破胎器。

「呼——呼——」

吉普車的一對後胎輾上破胎器，應聲爆裂。

吉普車沒法開動。

三人呆坐車上，無計可施。持槍特警一擁而上，有人上銬，有人搜身，除了武器，還在女僕身上搜出六個藥瓶，都裝滿粉末。

阿漆喝問：「哪瓶是解藥？」

「想救阿Wing和那女子嗎？嘿嘿，我不會說的。」女僕不肯合作，「我的獨門藥物，既是毒藥，也是解藥，懂得用可以救人，不懂得用，惡果自招。」

「妳不說，不打緊，把藥物全送往醫院化驗。」木村刑警把藥物交給部下，「我相信科學，醫生分析過後，可決定選用哪瓶藥粉替露絲小姐解毒。」

「對，現代科學可破解古老忍術。」阿漆退開，讓特警把女僕押上警車。

接着是園丁，最後是武田吉剛，武田吉剛走進警車的一刻，神情強悍，一臉不服氣。

「是奧田先生嗎？」老牧師站在封鎖線後喊道：「警察為什麼要拘捕奧田先生？是不是發生誤會？」

「牧師，他不是你所認識的奧田英明。」木村刑警走到老牧師跟前，「他是非法集團的首腦，罪證確鑿，我們沒誤會。」

「啊！奧田先生經常來教會聽道……」

「他聽道，但不信教。我相信他去教會是為了塑造一個好人形象，掩飾壞人身分。最終邪不能勝正，他要面臨法律審判。」

老牧師好生失望，卻仍保持盼望，向着關上車門的警車喊道：「奧田先生，你記着，耶穌基督在〈約翰福音〉十二章說：『若有人聽見我的話不遵守，我不審判他。我來本不是要審判世界，乃是要拯救世界。棄絕我、不領受我話的人，有審判他的，就是我所講的道在末日要審判他。』」

警車慢慢開走。

「奧田先生，你已聽過福音，請不要拒絕，還沒到末日，你仍有機會選擇得救。這是極之要緊的選擇，你要好好思考。」

「牧師，不要追車，小心絆倒。」木村刑警扶住老牧師，「你放心吧，他的餘生將在監牢裏度過，有很多時間思考。」

3

知道武田吉剛被捕，梁賢毋須超速，改以正常速度駕駛 Suzuki Vitara 四驅車。

遙遙看見 R 坐在巴士站的長椅上，樣子疲累，大凡忙碌過後，腎上腺素回落，人總是這副表情。

梁賢把車停在她面前，R 拉開後座車門，坐在阿 Wing 身旁，輕輕握一下他的手，感受他掌心的溫暖和溫軟。

梁賢繼續開車。

「只得妳一人？」阿 Wing 問。

「只得我一人。」

「還會有誰？」坐在副駕駛座的阿 Ken 回頭問。

「我以為她遇上南亞裔女孩！」

「手機，還你。」R 把手機抛進阿 Wing 懷裏。

「噢，妳在哪裏撿到的？」

「在樹林裏。」

「原來丟在那兒。」阿 Wing 歪着頭，回憶道：「我從別墅逃出來後，馬上發訊息通知你們動手，次郎和桃子駕車來追截我，車快人慢，我唯有逃進樹林。由於奔跑，加速血氣運行，導致中毒加深，精神恍惚，在林內摔了一跤，我想手機就在那時遺失。後來，我穿出樹林，遇上梁 Sir。」

「他那時人已迷迷糊糊。」梁賢接着補充，「他跟我說中了毒，要找一處有水的安靜地方，運功把毒逼出體外，請我在旁守護。我最初想到瀑布下的水潭，那兒的水最多，但遊人也多，並不安靜，我便把他扶到樹林前的小溪，他卻嫌溪水太淺，我再扶他找別的水源，瀑布上游，河溪眾多，總有一處合適的。最後找到一條小河，他脫掉衣服，在河底盤膝打坐，河水浸及他的胸口，他說合適了，我便留守河邊，在手槍裝上滅聲器，他說要安靜嘛。」

「那時候，我也到達小河。」阿 Ken 加入補充。

「慢着，你跟在我和露絲身後，怎會遇上梁 Sir 和阿 Wing？」

「嘻嘻，我在最斜的分岔路口，福至心靈，轉左。」

「呸，如果懶惰是一種病，他的病況是無藥可救。」梁賢搖頭苦笑，「他一方面跑得慢，跟不上你們，另一方面怕辛苦，不跑斜路，在分岔路轉左走平路，陰差陽錯的，找到我們。」

「若不是我，你兩個已遭那忍者暗算，現在還有命安坐車內聊天？」

「聽起來，很驚險。」R 對阿 Ken 另眼相看。

「那忍者很狡猾，潛在水中，悄悄順流爬下。流水聲淙淙，我竟聽不出他爬動的聲音，阿 Wing 全神貫注驅毒，也沒察覺。阿 Ken 因走在河岸高地，居高臨下，給他看見。」

「初時，我也沒在意，那忍者身上的衣服像有保護色，像河底的岩石，不過岩石沒這麼大塊，也不會動，才讓我起疑。於是，我撿塊石頭，擲下去，他痛得跳了起來，暴露行藏，被梁 Sir 開槍射傷。」

「總算有驚無險，多謝兩位相救。」阿 Wing 拱手道謝。

「你體內的毒已驅清了？」R 瞄他一眼。

「不礙事。」

「還是到醫院檢查一下吧，我是個老派人，四平八穩，事事關顧。」梁賢瞄一眼倒後鏡，「對啦，那個南亞裔女孩跑到哪裏？沒人見過她嗎？」

R 不語。

阿 Wing 也閉上嘴巴。

「剛才我好像看見她。」開口的竟是阿 Ken。

「何時?」R問。

「哪裏?」阿 Wing 問。

「接載R前，我看見她在對面行車線的2號巴士上。」

「沒可能，你所坐的位置，雖可看見對面行車線的巴士，但看見巴士上的乘客就沒可能。要看見，只有坐這邊的我和阿 Wing。我就沒看見，阿 Wing 呢?」

「我沒留意。」

「我明明看見。」

「你眼花。」

「我沒眼花。」

「你看見又不作聲?」

「我當時以為看錯……」

「那即是不肯定啦……」

在阿 Ken 與梁賢的吵嘴聲中，R回想十分鐘前……

風光明媚。

R那時才有心情瞧清楚輕井澤，青天白雲，紅日綠野，秋高氣爽，高山流水。如果阿 Wing 在旁，他一定吟詩。

「妳和阿 Wing 答應放我走的，現在武田吉剛被捕，妳要履行承諾。」南亞裔女孩跑過馬路，「我會找一處跟輕井澤一樣的地方，歸隱山林，不再犯案。」她跑上一輛停在車站的2號巴士。

R不作聲，也不阻止。

南亞裔女孩坐在靠窗的位置，向R輕輕揮手。

R視而不見。

巴士開走。

R如釋重負，疲累從心靈、從骨髓、從肌肉徐徐釋放出來，蔓延全身。她渾身乏力，僅餘的氣力，就是拖着沉重的腳步，走到長椅前面，坐下等候，等候阿Wing到來，靠在他的肩頭……

四驅車內，R放鬆身體，把頭靠在阿Wing的肩上，閉上眼睛，安心歇息。